森の神様と
強がり花嫁

CROSS NOVELS

葵居ゆゆ
NOVEL: Yuyu Aoi

小椋ムク
ILLUST: Muku Ogura

JN073499

CROSS NOVELS

CONTENTS

CROSS NOVELS

CONTENTS

森の神様と強がり花嫁

葵居ゆゆ
小椋ムク 画

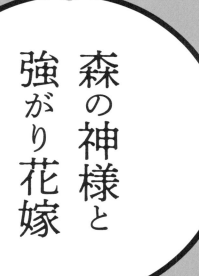

亜耶《あや》の目の前には小さな社《やしろ》がある。

昼なお暗い青漆色《せいしついろ》をした森の中、古びた社は今にも壊れそうだった。かつては赤い色が塗られていたらしい柱。錆びた取手のついた扉。崩れかけた屋根。後ろにはひときわ大きな木がそびえ、ごつごつとした木肌が得体の知れない生き物のようだ。

あの木より先、人間が立ち入れない禁断の森に、亜耶はこれから行かなければならない。魔物たちを操るという森の主《あるじ》のところへ嫁ぐのだ。

森の奥から吹く風は、夏の初めだというのにひどく冷たく、腥《なまぐさ》い匂《にお》いがした。おどろおどろしい気配に、たどり着く前に魔物に喰われるんじゃないかと不安が湧《わ》いてきて、亜耶はぎゅっと拳《こぶし》をにぎった。その拳で額《ひたい》と胸に交互に触れ、両手の指を組む。

——頑張れ、俺。自由になるんだろ。

自由に。

祈りというより鼓舞《こぶ》の言葉を胸中で唱え、亜耶は大木のほうへと足を踏み出した。

人が十人以上手をつながなければ囲めないような太さの幹から伸びた、うねる木の根を踏み越えて、森の奥を目指す。社で祈って待て、と言われたけれど、亜耶は一分でも早く主に会う必要があった。することもなく待つくらいなら、たとえ怖くても歩いたほうがいい。

足下は悪かった。半ば腐った落ち葉が堆積して歩きにくいかと思えば、硬い木の根が飛び出していてつまずきそうになる。その上十歩も行かないうちに、わずかな陽差しも届かないほど鬱蒼《うっそう》としてきた。暗闇が怖い亜耶にとっては、暗さだけでも鼓動が速くなるほど恐ろしかった。

湿った土と黴《かび》の匂いがする空気はぬめるようだ。暗がりの奥ではなにかが息をひそめている気配がする。まとわりつく視線を感じるのは気のせいだろうか。

ふいに上空から奇怪な叫び声が聞こえ、亜耶は立ち竦《すく》んだ。おそるおそる見上げたが、ただ梢《こずえ》が揺れているだけだ。きっと風で枝が鳴ったのだ、と考えても鳥肌が立って、亜耶は意地で前へと踏み出した。

逃げ帰ったところで居場所はない。怖くなんかないと言い聞かせ、急な斜面を数歩進んでは竦み、そのたびに自分を励まして歩いて、二十分は進んだだろうか。

気持ちが萎《な》えそうになったとき、ふっと遠くが明るくなったように思えた。

俯《うつむ》きかけた顔を上げれば、木々のあいだに白く細い道が見える。その先、はるかに遠いがたしかに小さな明かりが見えて、いくぶんかほっとした。きっとあそこだろう。

もしかしたら魔物の罠《わな》かもしれないが、行くしかないのだから気にしても仕方ない。

一歩一歩進むと、道の両脇を風が後ろへと流れていく。小さかった明かりは思いのほか早く大きく見えるようになり、徐々に石と木でできた不思議な館《やかた》が見えてきた。

村の建物とは違う。広そうだが、思い描いていた城のような巨大な建物ではなく、どこか素朴なたたずまいだった。

森の主の館かどうか確信が持てずにだいぶ手前で立ちどまると、勢いよく扉が開いた。

息を呑《の》んだ亜耶に向かって、男が駆け寄ってくる。

「ああ、亜耶！」

長い髪が舞った。青みを帯びた黒髪は一部だけ銀色で、左右のこめかみの上から、龍《りゅう》のような、枝分かれした角がななめ後ろに向けて伸びていた。亜耶よりずっとたくましい身体つきだが、背が高いのですらりとして見える。

そうしてその顔は、とてつもなく綺麗《きれい》だった。すっきりとした鼻梁《びりょう》に描いたように整った眉《まゆ》。厚すぎも薄すぎもしないかたちのいい唇。紫色の瞳が端正さを神秘的なものにしている。

神か魔物でもなければありえない美しさだった。それが、亜耶を見つめるとふにゃりと崩れる。

「亜耶……！　よく来てくれたね！　まさか歩いてきてくれるなんて……社で待っていてくれれば、迎えに行ったのに」

感極まったように抱きしめられ、亜耶は息ができないまま強張《こわば》った。力強く背中に回った腕が恐ろしい。だがすぐに、その腕が——というより彼の全身が細かく震えているのに気づいた。

「亜耶……亜耶」

ほかに言葉を知らないように名前を呼ぶ声も掠《かす》れている。頭を撫《な》でた指先は熱っぽく、耳元で聞こえる息遣《いきづか》いは泣いているみたいに荒かった。

（……なんか、あんまり怖くないかも）

想像していた出迎えと違いすぎる。もっとこう、いかにも偉そうで怖い主さまが、尊大な笑みを浮かべて「おまえは今日から俺のものだ」とか言うのだとばかり思っていたのだが。

「……あの」

居心地悪くみじろぐと、主——だと思われる——男は慌《あわ》てて抱擁をほどいた。

「ああ、ごめんね。苦しかった？」

「いえ。それより、あなたがこの森の主さまです、よね？」

丸まるようにして抱きついていた彼は、背筋を伸ばすとやはり大きかった。亜耶より頭ひとつ半は上に顔があり、面映《おもはゆ》げに肯《うなず》く。

「そう、私がこの森の主だ」

「この印をつけた人？」

亜耶は前髪をかき上げた。額の真ん中には、くっきりと星形が刻まれている。亜耶の大嫌いな印に、彼は嬉しそうに触れた。

「もちろん、私がつけたんだよ。きみは覚えていないだろうけれど」

懐かしむ声に歯軋《はぎし》りしそうになる。誰のせいで、と喉《のど》まで出かかった言葉は呑み込んだ。笑わなきゃ。にっこりして、お約束どおりまいりましたと殊勝なふりをして。

「私の名前も忘れたよね。蒼星《そうせい》だ。よろしくね、亜耶」

「俺——僕の名前、あなたは知ってるんですね」

表情も、声と同じくらい硬かっただろう。けれど森の主、蒼星はおっとりと微笑《ほほえ》んだ。

「もちろん、知っているよ。きみが教えてくれた名前だから、一日だって忘れたことはない」

「——」

「これからは毎日呼べるね。……私の、大事なひとだ」

身をかがめた蒼星は亜耶の肩に両手を置いた。

「待っていたよ、この十三年、ずっと」

うやうやしく額に触れてくる唇《くちびる》の熱に身震いしそうになる。意思の力でこらえ、亜耶は心の中で返した。

俺も待ってたよ。あんたに会わなきゃ、俺は自由になれないんだ。好きな場所に行って、そこで幸せになるんだから、ずっと会いたかったとも。

ここを使って、と通された部屋で、亜耶は持ってきた着物に着替えた。赤い着物と白地の打掛はどちらも薄手で、嫁入り衣装として用意されたものだった。うちの村ではこれが精いっぱいだ、と言われたから、豪華ではないのかもしれないが、打掛の長い裾《すそ》には花の模様が染めつけられていて、亜耶の目には十分華やかに見える。もっとも、男の自分に似合うとはとても思えない。

（せめて、髪が長かったらもう少し似合ったかもしれないのになぁ）

壁際の姿見を覗《のぞ》くと、不安げに頼りない自分が見返してくる。

小づくりな顔の中、黒く見えるが陽の下では灰色に透ける瞳が目立つ。眉となじりは勝気さを表すように吊り気味で、可愛げがない、とよく言われていたけれど、今は緊張しているようにしか見えなかった。髪が短いのは、洗髪に使う石鹸《せっけん》だってただじゃない、という理由で決められたことだった。亜耶としては、男の自分が「花嫁」になるなら、髪くらいそれらしく長いほうが好かれるのではないかと思っていたのだが。

衣装は全然似合わないし、可愛げだとか従順さにはまったく自信がない。それでも、花嫁らしく振る舞い、あの主を誘惑しなければならなかった。

亜耶は額の印を押さえた。

触れてもわからないが、洗っても成長しても決して消えない印は、村の言い伝えでは主さまの花嫁の証だった。この印のせいで、村での亜耶は誰とも交われなかった。

幼い頃、亜耶は父に連れられて禁断の森に入ったらしい。らしい、というのは記憶がないからだ。約一年後、ひとりで村外れにいるところを助けられたときにはもう、この印がつけられていたそうだ。以来、窓に鉄格子のある小さな家に閉じ込められ、世話はされるが一切の自由がないまま、亜耶は大人になった。成人してすぐに森の主さまに嫁げるようにと、名簿に記載されていた誕生日を迎えた今日、森の中に入れられたのだ。

逃げる術《すべ》はなかった。一度試したときには、村外れを過ぎて街道に出る前に、倒れて意識を失ってしまった。主さま――神の印がある者は、その神から遠く離れることはできないのだと聞かされて、悔しくて腹が立ったのを昨日のことのように覚えている。だからこうして来たけれど、亜耶は諦める気はなかった。

自由になる。魔物の王でもある恐ろしい森の主の妻として怯《おび》えて暮らすなんてごめんだし、閉じ込められていた村に戻るのもいやだ。大きな街に行きたかった。広い海の見える街だ。自由の身ならそこから船に乗って、遠い異国にだって行ける。食べたいものを食べ、行きたい場所に行き、誰の機嫌も気にしなくてよくて、自分で決めた人と仲良くしたり、働いたりしたい。

自由になるには、印は消さねばならない。つけた蒼星なら消すこともできるはずだが、そのためには彼の機嫌を損ねるわけにはいかなかった。怒った彼が村に報復しても困る。

亜耶が思いついたのは、妻として従順に振る舞い、森の主を骨抜きにしてから頼み込む、という方法だった。

少しのあいだ自由にしたいとねだって、一度でも印を消してもらえばこっちのものだ。

目的のためには、身体くらい差し出したってかまわない。抱かれてなにか不都合があるわけでもないし、ほかに使える手段もない。色仕掛けでだめなら暴力的な方法もいとわないつもりだが、力ではとても敵《かな》わないだろうから、なるべく穏便にしたかった。

「よし、誘惑するぞ」

ともすれば臆《おく》してしまいそうな自分に活を入れ、亜耶は部屋を出た。

村でも人々は味方ではなかったけれど、喰われる心配はなかった。でもここでは、油断したり、あの蒼星を怒らせたりすれば、なにが起きるかわからない。

用心深く見渡した廊下は誰もいなかった。建物は口の字のかたちをしているようで、中庭に面してぐるりと廊下があり、いくつも扉が並んでいる。亜耶に与えられたのは奥側の部屋だ。

初めに教えられた居間に、蒼星はいるはずだった。お茶を淹《い》れてくれると言っていたが、亜耶としてはお茶よりさっさとことに及んだほうがいい。少しでも早くこの森を出るのだ。

居間は館の入り口近くにあり、回廊とのあいだに扉がなく、そのまま室内に続いている。丸い柱の陰から見えた大きな背中に声をかけようとして、亜耶はぎくりと固まった。

「ああ、亜耶。ちょうどお茶を持ってきてもらったところだよ」

気づいて振り返った蒼星は、驚いたように目を丸くした。

「亜耶――わざわざ着替えてくれたの？　すごく綺麗だ。まるで本当の花嫁みたいだよ」

感極まったような蒼星の言葉は、ほとんど耳を素通りした。それどころではなく、亜耶の目は蒼星の後ろに見える、二つの茶色の毛玉に釘《くぎ》付けだった。灰色まじりの、少し硬そうな毛を持つそれは蒼星の膝あたりまでの高さで、くるりと振り向くのにあわせて、身長と同じくらいある尻尾《しっぽ》が揺れた。

「これはこれは亜耶さま。ようこそなのです」

「お茶を淹れましたのです」

「おくつろぎくださいなのです」

「蒼星さまの焼いたお菓子もありますのです」

交互にしゃべった毛玉は、どう見ても栗鼠《りす》だった。ただし大きい。普通の栗鼠の四倍くらいはある。それが二足歩行で、ちょこんとした前肢《まえあし》に盆を抱えていた。

「さ、亜耶、座って」

にこやかに蒼星が椅子を引いた。見慣れない、背の高い卓と椅子だ。栗鼠を遠巻きにして椅子に座ると、蒼星はおかしそうに表情をゆるめた。

「怖い？　ククとモモだ。掃除やお茶の支度をしてくれるんだ。働き者で二匹とも優しいからすぐに慣れる」

「――召し使いってこと？」

魔物の一種だろうか、と見やったが、部屋を出ていく栗鼠の尻尾はのんびり揺れていて、動きもぽてぽてとして、危険があるようには思えない。

「私にとっては家族に近い子たちだよ。ほかにもいるから紹介しよう」

卓の角を挟んで亜耶の隣に座った蒼星は、中庭のほうに向かって声をかける。

「ルプ、ウルス、入っておいで」

ほかにも栗鼠がいるのかと身がまえた亜耶の前で、中庭から廊下へと、大きな塊《かたまり》が這《は》い上がる。牛みたいに大きい、とぞっとした次の瞬間、塊がなにかかわかって、亜耶は思わず立ち上がった。

熊《くま》と狼《おおかみ》だ。どちらも、かつて見た、罠にかかったのとはあまりに大きさが違っていた。どちらも頭は抱えきれないほどだし、焦《こ》げ茶色《ちゃいろ》の熊の背丈は蒼星よりも高い。灰色の狼も、後肢で立ち上がったら亜耶よりもずっと大きいだろう。

強張って動けない亜耶を、蒼星が後ろから抱き寄せる。

「大丈夫、彼らは襲ったりしないよ」

「そうですよう亜耶さま。おれはルプです」

近づいてきた狼が、ちょんと鼻先を胸につけてくる。頭の位置がちょうどそこなのだ。その後ろで、熊が人間くさくお辞儀した。

「ぼくはウルスです。蒼星さまがいないときはぼくたちが亜耶さまのおそばにいますから、安心してくださいね」

見た目に反して、やわらかい声だった。おれたち強いからねえ、と言う狼のほうは調子のいい若者みたいな雰囲気だ。

「魔物が出てもすーぐやっつけますからね」

「ルプ、そんなことを言ったら亜耶がよけいに怖がるよ」

蒼星がそっと腕を撫でた。

「心配しなくても、この館まで魔物が来ることはないからね」

「――それなら、安心ですね」

どうにか笑みを作ったが、心臓はまだどきどきしていた。巨大な獣《けもの》がすぐ近くにいるのが恐ろしい。亜耶は猫《ねこ》さえ触ったことがなく、動物自体に慣れていない。それに、どさくさに紛れて蒼星が抱きしめているのも怖かった。離れろ、と突き飛ばせないのが悔しい。

「まだ身体が硬いね。不安なら、私の膝の上に座るといい」

（おまえの膝の上のほうが怖いんだよ！）

心の中でだけ思いきり叫び、ありがとうございます、と従順に呟《つぶや》く。蒼星は椅子に腰を下ろすと、本当に膝に亜耶を乗せた。

「お茶を飲んでお菓子を食べたら、少しは緊張もとけるんじゃないかな。遠慮しなくていいからね」

蒼星は亜耶の前に皿や茶碗を引き寄せてくれる。控えめに髪を撫でられ、身震いしそうになりながら、亜耶はぎこちなく茶碗を持ち上げた。

（……、なにこのお茶）

淡い金色の茶は、口に含んだ途端、ふわっと花の香りがした。苛立《いらだ》ちも消えてしまうような、嗅《か》いだことのない、甘い匂いだ。飲み込んでもう一度鼻を近づけると湯気もいい香りがして、口当たりもまろやかでおいしい。村で出されていた苦いだけの茶色いお茶とは全然違っていた。

ぱあっと心が晴れるようなお茶なんて初めてだ。

「茉莉花茶《まつりかちゃ》だよ。気に入った？」

蒼星が亜耶のこめかみあたりに頬《ほほ》をつけた。

「緊張しているだろうと思ったから選んだんだ。焼き菓子は疲れが取れるように、甘みが強くてどっしりしたのにしてみたよ」

竹を削った平らな匙《さじ》のような、亜耶には馴染みのない小さな道具で、蒼星は焼き菓子を切り分ける。一口大に切ったそれを口元に運ばれ、亜耶は眉を寄せた。病人か小さな子供みたいに食べさせてもらうなんて屈辱だ。森の主じゃなかったら殴ってるぞ、と思いながら口を開ければ、そっと菓子が押し込まれた。

これも食べたことのない味がする。しっとりした甘い生地の中には、木の実を混ぜた白餡《しろあん》が入っていた。

「……おいしい」

歯が溶けそうなくらい甘い、こんな食べ物があるなんて。

「月餅《げっぺい》というんだ。このあたりでは食べないようだね。もとは大陸の菓子らしくて、港町では売られているよ。これは私が見よう見真似で作ったものだけれどね」

へえ、と素直に感心すると、蒼星はもう一口食べさせてくれる。こんなお菓子があると聞くと、やっぱりせめて港町には行きたいと思う。海だって見たいし、知らないものがたくさんあるに違いなかった。

あんたは港町にはよく行くの、と聞きそうになって、亜耶ははっとした。

うっかり気を抜くところだった。食べ物につられるなんて恥《は》ずかしすぎる。

「も、もうけっこうです」

さらに切り分けようとする蒼星にそう断って、お茶で甘い味を流し込む。感じた驚きとささやかな喜びも押し流すよう、一息に飲み干した亜耶に、そばで見ていたウルスがのんびりと言った。

「亜耶さま、小さい頃はお茶を甘くしないと飲めなかったのに、そんなにがぶがぶ召し上がって……大人になられたんですねえ」

ルプが頭を上下に振って肯いた。

「ちっちゃい頃は泣き虫だったのにねえ。どうしてもお月さまが食べてみたいって泣いて、蒼星さまを困らせたりして」

「泣いたねえ」

蒼星は懐かしそうに笑う。

「私はそれで月餅の作り方を覚えたんだよ。お月さまのお菓子だよって言うと、亜耶は嬉しそうにしてくれたよね。可愛かった」

「蒼星さま、大事にしてましたもんね。おれも亜耶さまとお昼寝するの、大好きでした。腹んところで丸くなられると、気持ちもこう、まあるくなって」

「小さくて、ぼくにも抱っこ抱っこってせがんでましたね。それがこんなに背も伸びて、お綺麗になって」

巨大な熊は目頭を押さえ、ルプが床に垂れた打掛の裾をつつく。

「綺麗だよなあ。服もほら、まるで花嫁さんだもの。花模様も、亜耶さまによく似合ってるよ。ねえ、蒼星さま」

「そうだね。世界中探したって、亜耶ほど美しい人はいないと思う。——きみが花嫁衣装まで用意してきてくれたなんて、まるで夢みたいだ」

耳元で蒼星の幸せそうな声がして、亜耶はぎゅっと拳を握った。

聞きたくない。

嬉しげに語られたところで、亜耶にとっては意味のない、他人の話でしかなかった。

亜耶が覚えているのは暗くて狭い小屋の中の、古びた石壁の灰色と、小さな窓から見える空ばかりだ。あまりに長い一日の退屈さともどかしさと、遠巻きにする村人たちの、冷ややかな眼差しだ。蒼星たちがする昔話とは似ても似つかない日々。

（能天気にべらべらしゃべりやがって、人の気も知らないで）

思い出話なんかで亜耶がなびくと思っているのだとしたら滑稽《こっけい》だ。蒼星もだが、熊も狼も栗鼠も、少しも好きになれそうになかった。

どうせ、誰も味方じゃない。

けれど話の流れは好機だった。自分を鼓舞し、努力して笑顔を作る。

「僕、蒼星さまにお嫁入りしに来たんですから、当然です」

甘えるように上目遣いに蒼星を見上げる。

「気に入っていただけましたか？」

「――亜耶」

蒼星はなぜかせつなげな顔をした。否、眉根を寄せたのは、気に入らないからかもしれない。亜耶は慌てて胸にもたれかかる。

「は、恥ずかしいですけど、早く脱がせてください」

「な……なにを言うの、亜耶」

「蒼星さまの妻にしていただくのを、ずっと待っていたんです。早く契《ちぎ》ってくださいませ」

首筋に手を回し、ん、と唇を差し出す。村ではさんざん、森の主に気に入られるために、覚えたくもない知識を学んできたのだ。教育係の老婆だって「自分で印をつけたくらいのお気に入りなんだ、接吻《せっぷん》をねだれば悪い気はしないだろ」と言っていたから、こうすれば蒼星も口づけてくれる、と思っ

ていた。

が、なかなか唇はふさがれない。かわりに、きゃー、とルプが騒いだ。

「亜耶さまが！　あんなにちっちゃかった亜耶さまが！　接吻を！」

「ルプ、ルプ。ぼくたちがはしゃいだら、蒼星さまも亜耶さまも恥ずかしがってしまうよ」

ウルスがぴょこんと跳ねた狼の頭に手を置いた。

「ぼくたちは失礼しよう。ご夫婦の時間をお邪魔しては申し訳ないよ」

「そうだね！　ご夫婦！　いやあ、蒼星さまがついにお嫁さんを！　ククたちに頼んでこれから三日はお赤飯だね！　あっ蒼星さまと亜耶さまはごゆっくり！」

元気よく尻尾を振り回した狼と、にこにこした熊が廊下に出ていく。よかったねえ、やったな、と言い合う二頭の声が遠ざかっていき、亜耶は気まずさで息がつまりそうだった。

（あんの……熊と狼め。人の努力をだいなしにしやがって）

もう一度接吻をねだる気にはなれなかった。本当にしてほしいわけでもないのに、ひやかされてまでねだるなんてとても無理だ。

ぎこちなく顔を背けると、蒼星の手が髪を梳《す》いた。

「ルプたちがごめんね。私にも亜耶にも、幸せになってほしいと思っているだけで、悪い子たちではないんだけど」

「――いえ。俺……僕こそ、人前で、はしたないことをしてごめんなさい」

せめてしおらしく見えるよう俯いて謝ると、蒼星は慌てたように抱きしめてくる。

「はしたないなんてことはないよ。とても可愛らしかった。ありがとう――花嫁になりたいって、言ってくれて嬉しい」

そう言いつつ、彼の声はどこか寂しげに聞こえた。寂しがる理由などないはずなのに、と訝《いぶか》しく視線を上げると、紫色の瞳が優しくこちらを見つめていた。

「でもまだ館に着いたばかりだ。口づけだとか、契るだとかは焦《あせ》ってすることではないからね。きみがいてくれるだけでも十分だし、無理をさせたくないんだ。まずはゆっくり休んで」

静かな声に傲慢《ごうまん》さや冷酷さは感じられなかった。純粋ないたわりに満ちた響きに、亜耶は複雑な気分で蒼星を見返した。

「お優しいんですね」

「私だって誰にでも優しいわけではないよ。亜耶が特別だからだ」

穏やかに、懐かしむように微笑んで、蒼星は膝から亜耶を下ろした。

「お茶とお菓子はゆっくり味わってね。少し早いけど、私は夕餉《ゆうげ》の支度をしてこよう。なにか食べたいものはある？」

「そんな、食べたいものだなんて……蒼星さまのお好きなものでけっこうです」

「じゃあ、昔亜耶が好きだったたつくね鍋にしよう。食べたら湯浴みをして、しっかり眠るんだよ」

「……ありがとうございます」

蒼星は居間を出ていく。ひとり残されて、亜耶は椅子に背を預けてため息をついた。

「なんだよ、あいつ」

いろんな意味で肩透かしだった。予想より無害そうなのも、強引にされないことも。

初日だから、優しいふりをしているのだろうか。亜耶の機嫌を取る必要など蒼星にはない気がするけれど——なぜ接吻のひとつもしないのか、全然わからない。

幼いうちに印をつけたものの、成長した姿を見たらいまいちだったと落胆したのだろうか。だったら「気に入らない」と言って印を消して放り出すとか、殺すとかするのが普通のはずだ。逆に今の亜耶の容姿に満足しているなら、ためらわずに抱けばいいものを。

「お茶だの菓子だの夕餉だの……腹を減らした子供みたいな扱いじゃないか」

たっぷり太らせて魔物の餌《えさ》にする気だったりして、と亜耶は自分の腹に触れた。背は高いほうではないし、痩《や》せている自覚はある。貧しい村には亜耶を太らせるほどの余裕はなかったが、主さまに愛想を尽かされては祟《たた》りがあるかもしれないと、痩せすぎないよう食事は慎重に調整されていた。それが花嫁というより餌として生かされているみたいで、食べるのは好きではなかった。すっぱだかにされて身体を検分され、猪《いのしし》の脂《あぶら》を食わそうか、などと目の前で話し合われる惨めさを思い返し、亜耶は卓の上の菓子を見た。

皮肉っぽく考えてはみたものの、餌にはされないだろう、とわかっていた。

薄緑色の皿は薄くて美しい。珍しくて贅沢《ぜいたく》に甘い異国の菓子。花の香りのする、たぶんすごく上等なお茶。会うなり抱きしめて、大事なひと、と言った蒼星。

月が食べたいと泣いたわがままな子供のために、お菓子の作り方まで覚えた彼は、亜耶の好物だからと今日も用意してくれたのだろう。

亜耶は、ひとつも覚えていないのに。

「……なんでだよ」

心許《こころもと》ないのは、さっそく誘惑しようとしたのが失敗したせいだけではない。わからないからだ。

あの熊と狼も、亜耶のことを知っていた。一年余り行方不明だったあいだ、ここで暮らしていたことは間違いない。今日のもてなし方を見ても、額に印をつけられたのは、蒼星が亜耶を気に入ったからなのだろう。

だが、気に入っていたなら、そのままここで亜耶と暮らすこともできたはずだ。話を聞くかぎり大事にしていたようなのに、どうしてわざわざ、印をつけて村に返したのか。

(どっちかにしてくれたらよかったんだ。ずっと一緒に暮らすか、追い出すなら印なんかつけないで、自由にしてくれるか)

彼がなにを考えているのか、亜耶にはちっとも理解できない。蒼星は魔物を操る森の主で人間ではないから、亜耶とはまったく違う考え方をするのかもしれないが、だからといって諦める気にも、許す気にもなれなかった。

蒼星さえいなければ、亜耶は十三年も閉じ込められる生活をすることはなかった。この森で死んだらしい父だって、魔物に襲われたなら蒼星のせいだ。

「――あと七日だ。七日で、絶対、こんな場所から出ていくからな」

菓子や優しいそぶりに騙《だま》されるものか、と亜耶は心に誓い直す。骨抜きにできないなら殺めたっていい。親の仇《かたき》を取るのに、なにをためらう必要がある?

誰かの言いなりになるしかない人生なんて、もう十分だ。

十三年前――。

その家は、村外れに近い場所に建っていた。木造が多い集落の中では珍しい、石を使った建物で、土間のほかは三畳ほどの一間だけの造りだった。小さな湯桶《ゆおけ》は土間の隅に、厠《かわや》はその脇に飛び出して造られていて、窓は鉄格子がはまったものがひとつだけある。

一日のほとんどをひとりきりで過ごす亜耶にとって、その窓は特別だった。子供の背丈では伸び上がっても顔を出せない窓の下にたたんだ布団を重ね、壁に身体を押しつけて見上げると空が見えるのだ。青空、曇り空、雨空、夕空。日毎に違う雲のかたち。太陽の光の移ろい。ときには鳴き声とともに鳥が横切ることもある。冷たくでこぼこした石の壁を摑《つか》んで飽きることなく眺めながら、想像するのが好きだった。

外なら、きっと今日は日差しがあたたかい。あの鳥がどこに飛んでいくか見送ることも、追いかけることもできる。

世界はどんなに広いだろう。遮るもののない広々した場所で走ったら、どんなにいい気分だろう。びゅんびゅん風を切って走る自分を想像すると、強く、大きくなったように感じて、亜耶は壁に爪を立てた。颯爽《さっそう》と野を駆ける強い自分は、石の壁だって簡単に壊せてしまう。もちろんひとりぼっちでもない。どこかに閉じ込められた仲間がいて、亜耶が彼らを救い、一緒に遠い海へと旅立つのだ。

幼く寂しい空想を断ち切ったのは、近づいてくる声だった。亜耶はぴくりとして息をひそめた。

「俺だっていやさ。でもあいつ自体はただの子供だ。魔物じゃあないんだ」

半分おどけたような男の声に、若い声が腹立たしげに応じる。

「怖いわけじゃない。ただ、この飯をうちの子たちに食わせてやれたらいいのにって」

「仕方ないだろ、主さまの印つきだ。飢《う》えさせて村ごと魔物に襲われたらたまったもんじゃない」

「わかってる。でも――どうしてうちの村なんだ」

隣の村にでも預けたいよ、と若い男がぼやく。

「咲《さき》の子供だなんて、本当かどうかわかりゃしないのに。あの父親、胡散臭《うさんくさ》かったじゃないか」

「蒸し返すなよ。村長が咲の旦那ならって受け入れたのはもう二年も前なんだから、今さら言ってもどうにもならん。……さっさと飯を置いて帰ろう」

亜耶に聞こえてもかまわないと思っているのだろう。近づいてきても男たちは声を低めるでもなく、ほどなく錠が開けられる音がした。暗い土間に矩形《くけい》に光が落ち、逆光で顔の見えない男たちが戸口に立っているのが見えた。どちらかが舌打ちする。

「おい、逃げようとしてたんじゃないだろうな。無駄だぞ。鉄格子は外れないんだ」

「食事はここだ。明日皿を取りに来るから食べたら戸の脇に片付けておきなさい」

亜耶は窓の下で竦んだまま動けなかった。顔の見えない男たちが怖い。大きく膨《ふく》れ上がって、こちらに襲いかかってきそうな気がする。

苛立たしげに、片方の影が動いた。

「返事くらいしたらどうだ。貴重な食料をおまえに食わせてやっているんだぞ」

「……っ」

だったらいらないです、と言いたかった。けれど恐怖で凍りついた喉はおかしな音をたてただけで、言葉が出ない。年嵩《としかさ》の男が、怒った若い男の肩に手を置いた。

「怒鳴らないほうがいい。どこで森の主が見てるかもわからないんだから、近づかないのが身のためさ。来週になりゃ、俺たちはもう関わらないでもよくなる」

それから、彼は思い出したように亜耶のほうを見た、ようだった。

「花嫁さまはお優しいよな。しっかり食わせてやってるんだから、主さまに告げ口なんかするはずがないさ。そうだろう?」

脅《おど》すのに似た問いかけで、幼い亜耶にわかったのはただ悪意だけだった。よくわからないまま肯くと、嘲《あざけ》るような笑い声が響いた。

「おりこうだ。せいぜい頑張っていい嫁になれよ。——行こう」

元どおりに戸が閉められ、錠をかけ直されたあとも、声だけは届く。

「やっぱり気味が悪いな。一年もあの森の中にいただけある」

「あんな顔をしているのか。咲さんに似ていないどころか、妖《あやかし》みたいだ」

「妙に目を引かれるんだよな。よく見りゃ普通のガキなのに、どきっとする。恐《うず》ろしいよ」

亜耶はずるずるとうずくまって、額を押さえた。手のひらの下、星形の印が疼く。

記憶はないけれど、自分の立場は理解しているつもりだった。以前はこの村に、父親と住んでいたこと。この村は母親の咲の故郷だが、彼女は戻る前に亡くなったこと。一年半ほど前、父は亜耶を連れて「禁断の森」に入り、二人とも行方知れずになったこと。そうして四か月前に、亜耶だけが村外れの道端に座っていて、額には森の主のものだという印が刻まれていたこと。

印は、花嫁として迎えるという意味なのだそうだ。亜耶はまだ小さな子供だから、成人したらすぐに嫁げるよう、村で面倒を見る、と言われた。傷はつけないし働く必要もない。花嫁修業はさせてやるから、村に災いが起こらないよう、十分森の主さまに尽くすんだぞと言い聞かせられ、以来ずっとこの石の家に閉じ込められている。

まだ五歳の亜耶にとって、四か月はあまりに長かった。心細くて寂しくて、でもそれを訴える相手もいない。

見覚えすらない大人に逆らうこともできない。亜耶はあたりが静まり返るのを待って、そろそろと戸口に近づいた。盆の上には芋《いも》を入れた粥《かゆ》と、なにか肉の塊の浮いた汁物がある。すでに冷めていて、口に運んでもおいしくはなかった。食べなければ怒られるから匙を口に押し込んで、無理に食べ終え、ぎゅっと拳をにぎった。

額と胸に交互に当てて、両手の指を組む。こうやって祈るのだ、となぜか知っていた。

「……さびしい、です。だれか、」

けれど、うまく願いごとが続かない。迎えに来て、と頼めばいいのか、それとも、友達になって、と頼むべきか。迷って、亜耶は目を閉じた。

「——あいたい」

父のことは、教えられても記憶は蘇《よみが》らなかった。けれど意識の底では、誰かと一緒にいた自分を覚えていた。あたたかい匂い。やわらかな感触。おぼろなその記憶にすがって、亜耶は小さくうずくまる。鳥の声が聞こえても、もう一度窓を覗く気にはなれなかった。

さみしい日々に初めて変化があったのは、十日後だった。

村長が近くの町から呼び寄せたという老婆が、一日に一時間だけ、亜耶と一緒に過ごすようになったのだ。

「あたしは身内にハザマがいてね、それで以前、二つ隣の村で若い娘に川の主さまの印がつけられたときも、嫁入り修業をさせたのさ」

亜耶にはよくわからないことを言って笑った老婆は、おまえは本当に小さいねえ、と呆れた。

「こんなに子供じゃ、まだ行儀くらいしか教えられないね」

「べんきょうするの？」

見知らぬ老婆は怖かったが、話してくれる人がいるのは嬉しかった。少しでも気に入られたくて、亜耶はきちんと座って聞いた。

「もじをかいたり、よんだりする？」

どちらもできる。褒められたこともある――ような気がする。記憶が淡く脳裏を掠めて胸を張った亜耶に、老婆は奇妙な顔をした。

「なんだい、読み書きする気なのかい。まだ五つか六つだろうに、おかしな子だね。あたしが教えるのは飯の炊き方とか、掃除の仕方とか、行儀のいい食事の仕方とかさ」

「ごはんのたきかた……クッキーは、やく？」

「なんだって？」

眉根を寄せて聞き返され、亜耶は説明しようとして言葉につまった。クッキーは、甘いお菓子だ。小麦粉と油と卵と砂糖、木の実を使って焼く。でも、どうして知ってるんだろう。

そんなもの、食べたことがないのに。

黙った亜耶に、「気持ちの悪い子だね」と老婆がため息をついた。

「印があるだけの子供なのに、なんだか変わっているねえ。見目がいいのは主さまが気に入ったくらいだから、こんなものだろうと思うけどね」

じろじろと亜耶を眺めた彼女は、変わり者でもあたしには関係ないけどね、と呟いて、その日はそれで帰ってしまった。

もうおかしなことは言わないようにしよう、と心に決めたけれど、翌日以降も、老婆はしょっちゅう顔をしかめた。亜耶には当たり前でなにげなく口にしたことが、いちいち変なようだった。

たとえば、東にずっと進むと海があること。

違う土地には違う神様がいること。狼の遠吠《とおぼ》えの聴き分け方。羽根をインクに浸して書くペン。雪ばかり降る国で使われる、白を表すいくつもの言葉。拳をにぎって額と胸に交互に当て、手を組んで願いごとを唱えるおまじない。

変だ、と言われると、自分でも不思議に思えることばかりだった。どこで覚えたのかわからない。父のことも覚えていないのに、どうしてこんな知識だけが残っているのか。

自分のことなのにわからないことばかりでひどく心細かったけれど、老婆はじきに、あまり気にしないようになった。

「一年も森の中にいたそうだからね。おかしなところがあるのはそのせいだろう」

そう言って、月に二回、付き添いをつけて散歩できるよう、村長にかけあってくれたのも彼女だった。閉じ込めておいては気を病むから、という説得に、村長が仕方なく認めてくれたと聞かされた。

外出は最初、単純に嬉しかった。狭い建物の中でじっとしているのはあまりに退屈だった。風を全身で感じられるだけでも気持ちよくて胸が躍《おど》ったけれど、村人が遠巻きにして自分を避けていると気づいてからは憂鬱《ゆううつ》になった。

付き添うのは毎回違う男性で、彼らもまた面倒な役割だと思っているのを隠そうとはしなかった。

遠慮して外に出なくてもいい、と言えば、丈夫に育つためには必要だから歩け、と言われる。それなら畑仕事を手伝いたい、と言ったら、印のついた子供と一緒に働くのはごめんだ、といやな顔をされた。

「みんな迷惑してるんだ。主さまの花嫁だなんて、よその村で選んでほしかったってね。ここはおまえの母親の生まれ故郷かもしれないが、肝心の母親がいないんじゃ、よそ者と変わらない。父親は胡散臭かったしな。そんなやつの面倒を見なきゃいけない俺たちの気持ちも考えろ」

ため息まじりに諭《さと》され、だったらいっそ逃げてみようか、と考えるようになるまではさほどかからなかった。

付き添いの人間はいつも後ろにいて距離がある。亜耶は歓迎されない存在なのだし、走って逃げれば、わざわざ追いかけないのではないかと考えて、決行したのは一か月後だった。

結果は呆気なく気絶して連れ戻されただけで、老婆には笑われた。印をつけた主から遠く離れることはできないのだと教えられ、だからこそ散歩も許可されたのだとようやく気づいて、亜耶はがっかりした。

自分には、少しの自由もない。閉じ込められるのも散歩に出されるのも、食事の内容も着るものも、教えられる花嫁修業の内容も、亜耶の意思には関係なく決められたことばかりだ。

誰もがよそよそしく、村に亜耶の居場所はなかった。

逃げることも物理的にできず、いずれは暗い森の中へ、主の花嫁として行かねばならない。

そういう身の上なのだ、と実感できるようになった頃には、背が伸びて窓を覗けるようになっていた。亜耶は鉄格子ごしに空を眺めながら、いつか、と思うようになった。

広い場所で生きたい。誰にも、なににもとらわれず、自分のことは自分で決めるのがいい。ここを離れて遠い港町へ行って、海も渡って異国に行けたなら――そこでなら、親しい友達や愛する人も作れる気がする。しがらみのない場所ならば、亜耶を疎む人はいないはずだから。

いっそ早く森の主のところへ行きたかった。自由になるにはまず、印を消さなくてはならないから、主に会わなければならない。

森の主さまはどんなやつなの、と聞いたら、老婆は笑った。

「主さまは神だから、どうと聞かれても答えられんね。人間の理屈は通じないんだよ。なにしろ、森に棲《す》む魔物の王で、自在に操るくらいだし、男に花嫁の印をつけるくらいだからね」

「恐ろしくて気まぐれってこと？」

「そうとも言えるね。おまえさんの父親はたぶん主さまか魔物に殺されたんだろうよ。もしかしたら、おまえのことが気に入ったから、父親を殺してしまったのかもしれないねえ」

「それで俺は一年間、主さまのところにいたわけ？」

「あたしに聞かれたってわからないよ。でもきっとそうなんだろう」

「なんで印をつけたのに、記憶を消して村に返したんだろう」

「さあねえ。知られては困る秘密を、うっかりおまえが知ってしまったからかもしれない。主さまはとんでもないお宝を隠しているとも言われるから、それを見てしまったとか」

「……だったら俺を殺せばすむのに」

「不思議だろう？　いくら考えたってわからないのが神さまってもんさ。あたしが言ったことだって全部ただの当てずっぽうだからね」

笑う老婆はいかにも無責任だった。気になるなら、嫁入りして旦那を骨抜きにしてから聞いてみればいい、と言って、下品な仕草で舐《な》める真似をした。

「舐められるのがいやな男はいないんだから、神さまだって同じだろうよ。岡場所や色茶屋で働きたい女にはみんな教えたんだよ」

「舐めるって、なにを」

「おまえにだってついてる」

にやりとした老婆に股間を握られ、亜耶は呆然《ぼうぜん》としたものだ。

そんな屈辱は絶対にいやだと思っても、いやだと言う自由さえ亜耶にはなかった。

嫁ぐ以外にはない。嫁いだあとも、人間には計り知れない相手を怒らせないよう努力しなければ、自由になることなどとてもできないのだ。

覚えたくもない花嫁の嗜《たしな》みと夜伽《よとぎ》の仕方を学びつつ、窓から外を見る夜はつらかった。家の外でだけ、時が流れていくような錯覚がした。自分ひとりが異界に取り残されたような心細さを覚える都度、亜耶は己に言い聞かせた。

聞けるものなら聞きたいことはたくさんあるけれど、疑問も不満も解消できなくていい。身勝手で理解できない森の主は、おそらくは父の仇でもあるのだから、馴れ合う必要はないのだ。ただ惚《ほ》れさせて、骨抜きにして、亜耶の頼みを聞き入れてくれるよう仕向けるだけだ。

自由になりさえすれば、きっとこのいたたまれなさも消える。村でははみ出し者の自分にも、別の土地なら居場所があるはずで、孤独でなくなれば、過去のことだって気にしなくてすむ。

なくしたまま戻らない記憶をもどかしく思わなくても、新しい記憶を積み重ねていける。自由に生きられれば、きっと。

蒼星の館に来て七日が経った。

今夜こそは、と意気込んだ亜耶は、裾の長い打掛だけを身につけて、蒼星の寝所にもぐり込んでいた。ルプが「ご夫婦の寝室」と呼ぶ大きな部屋ではなく、蒼星がなにやら書き物をしたりするのに使っている一室にある、小さな寝台だ。

「ご夫婦の寝室」の寝台は、寝心地がいいから使いなさい、と言われ、初日以来亜耶がひとりで寝ている。毎晩どころか昼間も誘ってみたのだが、蒼星はがんとしてその部屋に入ろうとはしなかった。

(あいつ、不能なんじゃないの)

それならそれで、印を消してもらう方法をほかに考えなければならない。いっそ単刀直入に、消してくれと頼んでみようかとも思うのだが、亜耶はまだ警戒していた。なにしろ森の主だ。怒らせて魔物でも呼ばれたら、と想像すると、危険を冒す気にはなれなかった。村には絵巻物がいくつかあって、魔物を描いたものはどれもおどろおどろしかった。それに——記憶はないのに、亜耶は魔物が怖い。誰にも言えないが暗闇が恐ろしいのは、そこから得体の知れない異形の生物が湧き出てきそうな気がするからだった。

枕元の燭台《しょくだい》の火がしばらくもつのを確認して、亜耶は座り直した。窓の外はとうに暗く、今日は雨まじりの風が強く吹いている。風呂に行った蒼星はなかなか戻ってこない。

遅いな、と苛立ちながら戸口に目を向けたとき、後ろの窓ががたりと鳴った。驚いて振り返ってしまい、ただの風の音だとわかるまで数秒強張ってから、亜耶は舌打ちした。

びくびくして、情けない。もっと強くならなければ。主を騙して自由になろうとする人間が、弱虫でどうする。

自分を励まし、落ち着かない気分で打掛をかきあわせ、思い直して胸元を大きく開けた。裾から膝や太腿《ふともも》が見えるようあれこれ調節してみる。だが、どう工夫しても、色気たっぷり、という感じには見えなかった。どっちかといえば滑稽だ。

(なにやってんだろう、俺)

面倒だからいっそ全裸になっておこうか、とため息をついたとき、ようやく扉がひらいた。

「……亜耶?」

風呂上がりの蒼星は、寝台の上にいる亜耶に目を丸くし、しどけない格好にさっと赤くなったかと思うと、慌てて駆け寄ってきた。

「そ、そんな格好で——湯冷めしたら風邪をひいてしまうよ。さ、これを着て」

自分の羽織っていた上着を脱いで亜耶の肩にかけると、前をしっかり重ね合わせる。

「どうしたの。ひとりでは眠れない? 今夜は風があるから、怖くなった?」

隣に腰かけて心配そうに顔を覗き込まれ、亜耶は舌打ちしそうになった。人の色仕掛けに、「風邪をひく」だなんてあんまりだ。

(仮にも花嫁の印をつけたやつが半裸で寝台にいたら、普通は察するだろ)

鈍感なのか、それともその気がないのか。罵《のの》りたいのを我慢して、蒼星にしなだれかかる。

「眠れないんです……」

「やっぱり。亜耶は昔から嵐が好きじゃないものね。今夜は一緒に寝ようか。眠るまで子守唄を歌ってあげるよ」

(子守唄って、俺は赤ん坊か！)

「風が怖いわけではなくて」

歪《ゆが》みそうな顔をなんとかしおらしく保って、上目遣いに見上げる。

「蒼星さまが、本当は僕のことお嫌いなのかなって思ったら、寂しくて夜も眠れないんです」

「嫌いだなんて、そんなわけないよ。亜耶のことは大事に思ってる」

「でも、口づけのひとつもしてくださらないじゃないですか」

「口づけするだけが、愛情の証ではないよ」

蒼星は微笑むと亜耶の手を取って、その指先に唇をつけた。

「正直に言えば、きみに思うさま接吻できたらどんなに心地よいだろうと思うよ。亜耶は肌も美しい。爪だって、桜色でこんなに可愛らしいもの」

「でしたら……」

「でもきみは、私のことをまだよく知らないだろう」

ちゅ、ちゅ、と爪に口づけた蒼星は、指を握ったまま亜耶を見つめてくる。

「夫婦として結ばれるなら、きみが私を知って、心から愛してくれたときでないとね。亜耶はまだ、私のことが怖いだろう？　指だってこんなに冷たくて、いつも緊張しているじゃないか」

「……指が冷たいのは、蒼星さまがなかなか風呂から戻ってこないからです」

つい恨《うら》みがましく睨《にら》むと、蒼星はおかしそうに目尻を下げた。

「ごめんね。風呂の中で考え事をする癖があって、長湯をしてしまうんだ。――もう寒くない？」

守るように亜耶の身体へ回った手が、着物越しに肩や腕をさする。

「ククとモモに言ってあたたかい飲み物を持ってきてもらおうか。葛湯《くずゆ》がいい？　それとも梅酒《うめしゅ》に蜂《はち》蜜《みつ》を入れて熱くする？」

「大丈夫、寒くないです」

「足も冷えたんじゃない？　剥《む》き出しだから……ああほら、冷たい！」

膝に触れた蒼星はさっと床にしゃがんで、亜耶の足を掬い上げた。寝台に上げたかと思うと、自分は床に膝をつき、大きな手で撫でさする。森の主にふさわしいとは到底思えない、真剣な表情と手つきだった。

「綿入れで包んだらあたたかくなるかな。湯たんぽする？　薬草を入れて足湯をしたほうがいいかもしれないいね」

「平気だってば、冬じゃないんだし」

過保護にもほどがある、とうんざりしてぽろりとそう言ってしまい、亜耶はひやりとして口を押さえた。いけない、素が出てしまった。

どう聞いても可愛げのない口調だったが、蒼星が気にした様子はなかった。甲斐甲斐《かいがい》しく亜耶の上に布団をかけて、枕元に座って髪を撫でる。

「もし喉が痛くなったり、具合が悪くなったりしたらすぐに言うんだよ。風邪のひきはじめによく効く薬があるから」

「……風邪はひかないと思います。お――僕、身体は丈夫だから」

「それならいいけど……どうする？　一緒に寝るなら、向こうの寝所に行こうか。ここは少し窮屈だろう？」

「――ここでいいです」

今さら、一緒に寝たくないと言うのもおかしい気がして視線を逸らすと、蒼星は小さく笑った。

「無理しないで、言いたいことを言っていいんだよ。ひとりで寝たいなら、私が出ていこう」

「ここはあなたの寝床でしょう。出ていくなら俺のほうだよ」

本当にこの主の考えていることはわからない、と思いながら、亜耶は身体をずらして場所をあけた。

「どうぞ。一緒に寝るから、子守唄のかわりにあなたのことを教えてくれない？」

丁寧でしおらしい口調を保つのも面倒になって、亜耶は蒼星を見上げた。

「よく知らないからだめって言うなら、教えてくれてもいいと思うけど」

「……そうだね」

蒼星はまたあの表情をした。眉を寄せる、寂しいような、痛いような顔だ。遠慮がちに亜耶の隣に身を横たえると、おいで、と小さな声で呼ぶ。

「狭いだろう。私の腕の上に頭を乗せると、少しは楽だと思うよ」

「……重いよ」

「全然重たくないから、遠慮しないで。二人で眠るときはね、腕枕をして寄り添うことも多いんだよ。くっつけてあたたかいし、幸せな気持ちになれるから」

（俺はあんたとくっついて幸せな気持ちなんて感じたくないんだけど）

遠回しに「夫婦なら当然」と言われて、いやがるわけにもいかなかった。亜耶は少しだけ迷って、そっと頭を持ち上げた。

蒼星の二の腕の上に乗せ、どの向きが正解かわからなくて、蒼星のほうを向いた。それだけでやたらと緊張してしまい、間近い紫の瞳から逃れて顔を伏せる。

「……これでいい？」

「うん。ぴったりだね」

「ぴったり？」

「亜耶はちょうど、私の腕に頭を乗せて横になると、すっぽり抱きしめられる大きさだ」

低くてあまい声だった。横たわった上にも蒼星の腕が回り、ほらね、と囁《ささや》かれる。

「こうして抱いていると、一生このままでいたいくらい嬉しい。……来てくれて、ありがとう」

ありがとうもなにも、おまえがつけた印があるから仕方ないだろう。そう言いたいのに、胸の底が焦げたみたいにちりちりした。

鼻を近づけた蒼星の首筋からは、日向《ひなた》のような、果実のような、淡い匂いがした。懐かしさを呼び覚ます匂いだ。伝わる体温がじんわりと染みて、それが——認めたくないけれど、心地よかった。

誰かと一緒に眠りたいとか、抱きしめられたいとか思ったことはない。けれどこうして腕の中におさまると、まるで、ずっと焦がれていたような気さえした。

（なんで安心しちゃうんだろう。こんなやつ、敵なのに）

こめかみの下の腕はしっかりと筋肉がついて硬く、それでいて心地よい弾力がある。もう一方の手は亜耶の頭を包むように撫でてきて、大きいのだ、と実感した。

蒼星の手は亜耶の頭など簡単に摑めるほど大きい。頭を乗せても苦ではないほど腕はたくましくて、寄り添った身体の厚みも亜耶とは比べものにならない。人ならざる美貌《びぼう》に龍のような角もある。森の主。魔物の王。自分勝手に亜耶の自由を奪った、おそらくは父の仇。

「きみに私を愛してもらえたら、とは思うけれど、改めて教えてって言われると、なにを知ってほしいかは難しいね。亜耶は、私のなにが知りたい？」

裏切って殺してもいいくらいだ。腕枕なんかされたって、蒼星が言うような幸せなど感じるわけがない。ぬくもりが染みるように感じるのは、きっと思っていたよりも身体が冷えていたせい。安心して気を抜いてはだめだ。

自分をそう戒めて、痺《しび》れた気のする唇をひらく。

「なんで、俺だったの」

「なんで？」

「印。あんたが、つけたんだろ。——大切なひとって、言った」

ふわっと吐息が髪に触れた。笑ったようだった。

「もちろん、亜耶が大切だから、印をつけたんだよ」

「俺が四歳とか、五歳くらいの頃だろ。小さい子供相手に大切っておかしくない？」

「おかしくはないと思うよ。——亜耶はね、私に、とても素敵なものをくれたんだ」

蒼星の声が秘密を語るようにひそやかになった。

「泣きたいくらい嬉しかった。自分がどんなに飢えていたか気づかされて、亜耶に出会えてよかったと思ったんだ」

幼い子供があげられるもので、森の主がこんなふうに語るほど特別なものとはなんだろう。飢えていた、というなら食べ物だろうか。でも食べ物なんて、蒼星なら自分で作ることも、奪うこともできるはずだ。

「大好きだから、きみには幸せになってほしい」

湿っぽくあたたかなものが髪ごしに押し当てられる。

「私は亜耶が、好きだ」

聞くだけでせつなくなるような、気持ちのこもった囁きが鼓膜を震わせた。もう一度接吻し、蒼星は優しく言った。

「疲れは取れたみたいだから、明日は出かけようか。きみに見せてあげたい場所があるんだ」

「……わかった」

亜耶はため息をつきたかった。

好き、なんて言わないでほしい。思いを言葉にはするくせに、もう七日経つのになにひとつ進展していなくて、焦れったくていらいらしてしまう。暗くて陰気な魔物の森に長居したいはずもなく、一日でも早く出ていきたいのに。

(あんたのことなんか、ほんとは全然知りたくないよ)

蒼星が見せたい場所にはかけらも興味がないし、幸せになってほしい、などと言われても白々しくてうんざりするだけだ。抱き寄せられて同衾《どうきん》するのだって、やむをえず我慢している。

恨んでいて、嫌いだ。いっそのこと復讐《ふくしゅう》して思い知らせたいほど。

(好きとか、言われたって嬉しくない)

奥歯を噛みしめる亜耶をよそに、蒼星は枕元の燭台の火を消した。

「おやすみ、亜耶」

「…………おやすみなさい」

あんたなんて、という言葉がつかえて喉が苦しかった。

(嫌いなんだってば)

幸せになれるから、なんていう理由で腕枕をされても困る。困るのに、無視してしまいたいのに——精いっぱい意地を張らなければ、もっとすり寄って甘えてみたい欲求が押し殺せない。

だって、亜耶はこの七日で知ってしまった。

蒼星は、本当に亜耶を好きなのだ。たぶんこれまでの人生で出会った誰よりも、亜耶のことを大事に考えている。

毎日交わされる挨拶《あいさつ》に込められた愛しげな響きは、こちらまで嬉しくなるような実感がこもっているし、触れる手つきは亜耶が高価な宝物かのように慎重で丁寧だった。揃えられた着物は真新しいだけでなくたくさんあって、どれも肌触りがいい。お茶も何種類もあり、毎回「なにがいい?」と聞いてもらえる。食事だって、どんなものが食べたいかと聞かれて、なんでもいい、としか答えられなくても、毎回手の込んだ、あたたかくておいしいものを作ってくれるのだ。

なにより、蒼星の愛情が感じられるのは眼差しだった。話すとき、彼は必ず亜耶の目を見る。まっすぐに、紫の瞳に雄弁な感情をたたえて、あまい、聞いたこともない優しさで名前を呼ぶ。

女っぽくて好きじゃなかった名前が、蒼星のなめらかな声で発音されると、美しくてやわらかい、とてもいい名前に思える。

愛されている、と感じるのなんて、初めてのことだった。溶けてしまいそうなほど大事にされて、嫌い続けられるほど、亜耶は他人の愛情に慣れていなかった。

(蒼星が森の主じゃなかったらよかったのに)

ただの優しい人間だったら、今頃大好きになって、無防備に甘えていただろう。撫でられるのだって名前を呼ばれるのだって、嬉しくないわけがない。もっとしてほしい。飛びついて抱きとめられて、笑いあって——そうできたら、すごく幸せな気分になれるはずだ。

でも、どんなに親切に大切にしてくれても、蒼星は人ではない。

油断してみせたら、頭からばりばり食べられることだってあるかもしれないのだ。

絶対に気を許すまい、と誓いながら、亜耶はそうっと息を吸い込んだ。ずっと嗅いでいたくなる、あたたかい匂いで胸を満たすと、自然とまぶたが重くなってくる。

(明日は……ちゃんと、蒼星より先に起きないと……)

窓の外の木戸はときおりがたがたと音をたてたが、もう気にならなかった。

ぬくぬくとした蒼星の身体に無意識にすり寄って、亜耶は久しぶりに深い眠りに落ちた。


夏の陽差しも禁断の森の中には届かない。

来たときと同じように暗い木の下は、けれど、賑やかなお供がいると怖くはなかった。

「亜耶さま、疲れたら言ってくださいね。おれか、ウルスが背中に乗っけますからね」

隣を歩くルプが得意げに鼻先を上げる。体に見合った巨大な尻尾は犬みたいに左右に揺れていて、足取りも楽しそうだった。初日ほど恐ろしくは感じないが、大きく開いた口からは牙《きば》が見えていて、亜耶は微妙に引きつりながら「ありがとう」と言った。

「疲れたら頼むね。……見せたい場所っていうのは、遠いの？」

反対隣には蒼星がいる。見上げると、彼は首を横に振った。

「三十分も歩けば着くよ。でも山道だから、慣れないと疲れるかもしれない。帰りは私が抱っこして帰ろうね」

「歩けるってば」

よしよし、と頭を撫でられて、亜耶は首を竦めた。どうも蒼星は、亜耶を小さな子供みたいに思っている節がある。

「村でも一応散歩してたし、身体は丈夫だって言ったろ。……そ、それに、昨日いっぱい寝たし」

思い出すとまだ恥ずかしくて、耳が熱かった。

油断なんかしない、と思っていたのに、陽が高くなる時間までぐっすりと寝こけた挙げ句、蒼星に起こされて、それをモモとククにも見られたのだ。普段は蒼星が作る朝餉《あさげ》を、今日は栗鼠たちが作ってくれていた。もっと早く起こしてよかったのに、と照れ臭さのあまり不機嫌になった亜耶に、蒼星はとろけそうな顔をして、「幸せそうに寝てたから」と言い、それをまたルプたちにきゃーきゃー言われて、どれだけ恥ずかしかったことか。

「いっぱい寝てくれたのは嬉しかったよ。今日はすごく顔色もいいもの。でも、歩きにくい道だから無理はしないで」

「大丈夫だってば。しつこいな」

気遣わしげな蒼星に、全然大丈夫、と示すために、亜耶は大きめの岩を跨《また》いで登ってみせた。道とは名ばかりの急斜面で、手も使わないと登れない箇所もある。だが、多少の疲れくらいで音を上げるなんて思われたくなかった。

昨夜の雨は夜中に上がったようで、土は湿っているがすべるほどではない。これなら行ける、と亜耶は踏んでいた。

だが、五分もしないうちに息が切れはじめた。村ではほとんど閉じ込められていたから、筋力がないのだ。足の裏と脛《すね》が痛くて、膝ががくがくする。

（初めて蒼星のところまで来たときだって歩いただろ。これくらい平気だ）

自身を心の中で叱咤《しった》しつつ行き先を見上げると、はずみでぐらりと身体がかしいだ。その肩を、蒼星が抱きとめる。

「亜耶、抱っこしてあげる」

「平気だってば――わっ！」

言い終える前に足が浮いて、亜耶はなんなく持ち上げられてしまった。にこにこしている蒼星を、亜耶は睨んだ。

「歩けるって言ってるだろ！　今はちょっと、足元が悪くてよろけただけ」

「でも、抱っこさせてもらったほうが私も嬉しいんだよ。摑まって」

蒼星は亜耶を腕に座らせるような格好で抱き上げ、肩に手を回させた。そうすると亜耶の頭は蒼星よりも高くなる。ぐんと見える景色が変わり、木の枝から強くすがすがしい香りがした。

わぁ、と感嘆の声を漏らしたくなるのを、唇を噛んでこらえる。

「こ、こんなの、子供みたいでいやだってば。眺めだって悪いし」

「もう少し進むと上り坂が終わるから、眺めもよくなるよ。見せたい場所はその先の窪地《くぼち》なんだ」

痩せているとはいえ、人ひとりをかついでも、蒼星は涼しげだった。亜耶は目の前にある蒼星の角を眺め、ちょっと迷ってから摑まる力を強くした。

「あと十五分とか、それくらいかかるんだろ。……お、重くない？」

「心配になるくらい軽いよ。重くなってくれないと、亜耶を抱っこしている実感が湧かないから、ごはんはいっぱい食べようね」

また幼児に対するみたいな口調で言って、蒼星は後ろを振り返った。

「ウルス、先を歩いてくれる？」

「はい、もちろんです」

にこにこしたウルスが前に出て、どうしてだろう、と亜耶は首をかしげた。が、ウルスが大きな前肢を伸ばして枝を払いはじめて、すぐに気づく。

「……俺がぶつからないように？」

「亜耶さまが怪我したら大変ですもん。ほんとはおれの背中に乗ってもらえば、面倒がなくていいんですけどねえ」

蒼星の足元からルプが見上げてくる。蒼星は「だめ」と素早く言った。

「亜耶を運べる権利が一番にあるのは私だよ。あとでルプやウルスに乗ってもいいけど、今はだめ」

「わかってますよぅ」

舌を見せて、ルプがおかしそうに笑った。半分振り返ったウルスも含み笑いしているようで、亜耶は小さく唇を尖《とが》らせた。

「蒼星、過保護すぎるよ」

「そんなことはないよ」

「絶対過保護だ」

「……じゃあ過保護でもいいけど、疲れたらすぐに言うんだよ」

「疲れるわけないだろ、歩いてもないのに」

歩くのにあわせて振動は伝わるが、安定感があってなかなかに居心地がいい。水無月《みなづき》だというのに空気が冷たいから、体温が伝わるのも気持ちよかった。

（……気持ちよくても、べつに感謝とかはしないけどな）

内心そう強がって掴まり直そうとして、亜耶は目の前にある角を見つめた。下手したらぶつかりそうだ。なんとなく、こういうものは敏感な、大切な部分な気がする。

「……ねえ、角って痛いの？」

瞬間、蒼星が強張るのがわかった。聞いてはいけないことだったかと、亜耶は慌てて角から顔を離した。

「ごめん。失礼なことだった？」

「——ううん。少し、驚いてしまっただけ」

蒼星はため息とともに力を抜いた。

「触っていいよ。角には感覚がないから」

うっかり触って怒られる、ということはないらしい。亜耶はこわごわと角に触れてみた。少しざらりとした手触りだった。月のような淡い色だが、根元のほうでは青みを帯びている。

（あ、根元は、あったかい）

蒼星がくすくすと笑い声をたてて、かるく頭を振った。

「亜耶、付け根はくすぐったいよ」

「ご、ごめん」

「いやじゃないんだ。ただ今まであまり他人に触られたことがないから、不思議な感じがしてね。——もう一回触っていいよ」

くすぐったい、と言われたところに触るのは気が引けたが、断るのも悪い気がして、もう一度撫でる。色は違うけれど、枝分かれしたかたちは鹿の角に似ているなと思う。

「鹿みたいに、抜けたりしないの？」

「私の角は抜けないよ。伸びることもない。普通に生きるものとは、理《ことわり》が違うから」

「そっか。じゃあ、よかった。根元には感覚があるんだったら、抜けたり折れたりしたとき、痛そうだもの」

「大丈夫。鹿も袋角のとき以外は痛くないんだよ」

首を捻《ひね》って、蒼星は亜耶を見つめた。

「亜耶は相変わらず優しいね」

しんとした深い声に、亜耶は戸惑った。痛くないのかと聞いたのは、優しさからではなく好奇心だ。でも、否定するよりは礼を言ったほうがいいだろうか。好感を持ってもらえれば都合はいい。

迷って、亜耶は違うことを口にした。

「ちっちゃい頃にあんたといたときの俺は、優しかった？」

「もちろん、優しかったよ。自分がおいしいと思ったものはね、なんでも半分こにしてくれるんだ。蒼星も食べてって」

「……ふぅん」

聞いてもなにも思い出さず、曖昧《あいまい》な相槌《あいづち》しか打てない。昔の自分は蒼星にずいぶん懐いていたようだ。

「これから向かうところも、亜耶と一緒に何回も行ったよ。お弁当やおやつを持っていって、膝にきみを乗せて食べたんだ」

「――今日は抱っこして食べるのはなしだから」

やりたい、と言われそうな気配を察して釘を刺すと、蒼星はちらりと視線を寄越した。

「残念だけど、並んで食べるのも好きだからそれでいいよ」

きらきらする紫の瞳は嬉しげで、いやだと言われるのを予想していたのだとわかる。想定内のやりとりを楽しんでいるらしい蒼星に、亜耶はなんとなく悔しい気持ちで顔を背けた。歩いてきた道は変化なく暗い。だが思いついて行く手を見ると、木立の先に青空が見えた。

「あそこ、明るい」

禁断の森とは思えないような爽《さわ》やかな色あいについ声が弾む。

「行きたい場所ってあそこ？」

「まだ見えないけど、もうすぐ着くよ。あちらは南だから、よく陽が当たるんだ。あの明るいところから下っていけばすぐだ」

蒼星の言葉どおり、数分としないうちに木がまばらになり、道は下り坂になった。ウルスを先頭にして枝を払ってもらいながら進むと、ぱっと視界がひらけた。

「……わ、ぁ」

今度は我慢する前に声が出た。

短い草が生えた広場のようになったそこは、真ん中に一本だけ大きな木が生えていて、そこかしこで花が咲いていた。陽差しが降り注ぎ、明るくてあたたかい。梢から梢へと飛ぶ小鳥もいる。蝶《ちょう》が二匹踊るように飛んでいて、夢のように美しかった。

蒼星に下ろされて、亜耶はあたりを見回した。

「綺麗なところだね。禁断の森の中なのに、こんな場所もあるんだ」

「ここは不思議と魔物が寄りつかないんだよ」

蒼星はルプが首から下げていた包みを手に、中央の木へと向かう。ついていくと座るのによさそうな大きい石が二つあって、蒼星はそこに包みを置いた。亜耶を振り返って、おかしそうに目を細める。

「安全だから、好きに見て回っていいんだよ?」

「——うん」

肯いたものの、亜耶はなかなか動き出せなかった。ぐるりと歩いてみたら、向こうに小さく見える赤いものが花かどうかも確かめられる。初めて見る青い色の蝶も気になるし、さっきから聞こえる囀《さえず》りの主を探して、梢を見上げたり、木登りしたりしてみたい。陽差しであたためられた草は気持ちよさそうで、寝転んだらどんな感じがするだろう、と興味もある。

けれどどれからやっていいのかわからない。好きに見て回っていいと言われても、自由にしたことがないのだ。

迷うと、蒼星が背中に触れた。

「南側に下ると川があるよ。行ってみる？」

「――行く」

ほっとして、差し伸べられた手をにぎった。

いってらっしゃい、と手を振るウルスたちに見送られ、広場を横切って、坂を下りた。大きな岩の脇を通ると、今まで意識しなかった音がせせらぎの音なのだと気づく。通る風は涼しくて、水の匂いがした。ほどなく木々が途切れると、小さな川が現れた。流れは速く、水面は銀色に光っていて、また感嘆のため息が漏れる。

「川って、初めて見た」

村の中にある用水路とは全然違う。無意識のうちに駆け下りてしゃがみ、亜耶は水に触れた。

「冷たい！　こんなに冷たかったら、魚はいない？」

「ここは浅瀬だからあまりいないけど、もう少し上流か下流に行けば釣れるよ。今度、道具を持ってきてやってみる？」

「やる。やってみる」

そんなの、絶対楽しいに決まっている。亜耶は水の中に手を浸して、つるりとした石を撫でた。すべすべして気持ちいい。冷たい水が手首の周りを流れていくのがくすぐったくて新鮮だった。

「着替えを持ってくればよかったね。そうしたら川に入って遊んでもよかったんだけど。岩に座って、足だけでも浸けてみたら」

「うん」

言われるまま、岩に腰かけて草履《ぞうり》を脱ぎ、足を流れに浸けると、冷たさが背筋まで伝わった。

「はぁ……気持ちいい」

少し歩いただけで痛くなった足から、疲れが抜けていくようだ。見上げれば梢が緑色に透け、空が青い。つい、と大きな蜻蛉《とんぼ》が川を横切っていった。

「……禁断の森は魔物の森だって聞いてたけど、鳥とか蜻蛉とか、全部普通だね。川だって、入ってもいいってことは、魚の化物はいないんだろ？」

「魔物も出るけど、普通の動物たちもたくさん暮らしているよ、もちろん」

「でも俺、まだ魔物の声も聞いてない」

「館の周りには近寄ってこないからね。彼らが出るのはだいたいが夜で、昼間は少ないし、私がいる場所に敢えて来るような魔物はいないんだ」

蒼星が隣に来て座った。横顔を、亜耶はちらりと盗み見る。

「あんたが魔物の王だから、邪魔はしないってこと？」

「私は彼らの王ではないよ。むしろ敵だ。私の役目は、魔物を鎮《しず》めたり退治したりすることだからね」

「え、退治するの？」

びっくりしてまともに顔を蒼星へと向けると、彼は当然のことのように肯いた。

「森の安全を守らなければ、主としては失格だろう？　ここは人の世界で魔物の世界ではないから、鎮めてあちらに返せればいいけれど、場合によっては殺すこともあるよ」

「村では、あんたは魔物を操る王でもあるって言われてたけど……魔物を使って村を襲ったり、人をさらったりはしないんだ？」

「私はしたことはないなあ。ほかの主も、魔物を操ることはないよ。ただ、主の中には気性の荒い者もいるから、その話が変化して伝わってしまったのかもね」

蒼星はのんびり苦笑したが、亜耶にとっては大問題だった。額の印を押さえる。今までで一番いい情報だ。印を消してもらったとき、亜耶が逃げたきり帰ってこなくても、村が襲われる心配はしなくてすむ。

ほっとしたが、同時に複雑でもあった。親切にされたとは思わないが、村人たちは貧しいのにいつでも亜耶の着るものや食べものだけは欠かさなかった。すべては森の主の怒りを買わずに亜耶を嫁入りさせるためだったのに、不必要だったのか、と思うと悔しい気もする。狭い小屋に閉じ込められる必要も、なかったことになるのだから。

「……じゃあ、村の人が俺を大事に育てなくても、報復とかはなかったんだ」

「誰かが亜耶を苦しめるなら、魔物なんて使わずに、私が直接出向くよ」

呟きに、蒼星はさらりと言った。

「私の印があるのに粗末にするなら、相応の報いは当然だからね」

気負うでもない、淡々とした横顔がかえって怖い。やっぱり報復はするのか、と思って、亜耶は足を揺らした。

(てことは、逃げたら、追いかけてきたりするのかな)

それは困る。印を消してもらっても、またつけられたらこの森に逆戻りだ。

そもそも印は消せるのだろうか、と不安になって、亜耶は額をこすった。相応の報いは当然だ、などと言う蒼星に、消せるのかと問う勇気はない。

どうしてもだめだったら、台所で鉄串でも焼いて、それを額に押しつけてしまえばいい、と亜耶は自分に言い聞かせた。まずは屋敷の中で自由にさせてもらうのだ。

問題は、それもどうやって切り出すか、なのだが。

考え込むと、蒼星が立ち上がった。

「そろそろ広場に戻ろう。長く水に浸かったら、足が冷えすぎちゃうからね」

拭いてあげる、と懐から取り出したのは手拭いだった。本当に過保護だ。自分でやると言っても譲らないだろうと察しがついて、亜耶はおとなしく足を水から上げた。蒼星は自分の膝がよごれるのもかまわずひざまずき、丁寧に拭って草履を履《は》かせてくれる。

手を引かれて広場に戻ると、留守番していた二匹も一緒に、包みを広げた。二つある竹皮を編んだ箱の中には、薄緑色のおはぎが四つずつ並んでいる。

「緑色なんて初めて見た」

「枝豆の餡だよ。裏庭で作ってるんだ。今年の初物だから、亜耶に食べてほしくて」

「森の主なのに、畑仕事してんの？」

本当に全然偉そうじゃないな、と半分呆れつつ、亜耶は箸《はし》を手にした。どっしりと大きなおはぎは重たい。かぶりつくと青い豆の香りがして、中の餅米《もちごめ》は真っ白だった。

「——おいしい」

さらりと甘い枝豆の餡も、真っ白な餅米も贅沢な味がする。朝ごはんだっておなかいっぱい食べたのに、いくつでも食べられそうだ。

はぐはぐと頬張って、二個目にもかぶりつき、それから亜耶はウルスとルプがにこにこして見ているのに気づいた。

「あ、もしかして、これふたりの分も入ってる？　俺が二個食べちゃった」

「いいんですよ。そっちの箱のは全部亜耶さまの分です。ぼくたちはもう蒼星さまからいただきました」

「亜耶さま、元気よく食べるなあって見てただけですよぅ」

「足りなかったら私の分も食べてもいいよ。ウルスたちには別のおやつもあるから」

蒼星が笑いながら自分の膝に乗せていた箱を差し出してくる。ひとつ残っているのは、蒼星とルプたちがひとつずつ食べたからだろう。

「それ蒼星の分だろ。ていうか、俺だけ四個って、不公平じゃん」

亜耶は慌てて自分の箱を蒼星に押しつけた。

「蒼星、一個しか食べてないでしょ。あげる」

「亜耶に食べてほしくて作ったって言ったでしょ。食べてくれないと寂しいから、気に入ったなら食べて。それとも、好きじゃなかった？」

「……すごくおいしい」

「よかった」

蒼星は箸でひとつおはぎを取ると、あーん、と口に近づけてくる。にこにこと楽しそうな蒼星の顔を見ると要らないとは言えなくて、亜耶はかぶりついた。枝豆を育てたのもおはぎを作ったのも蒼星なのに、と複雑な気分で咀嚼《そしゃく》しているあいだに、彼は別の包みを取り出した。

「それは？」

「干し肉だよ。はい、ひとつずつね」

二匹が嬉しそうに受け取るのを見て、亜耶は首をかしげた。

「蒼星って、猟もするの？」

「することもあるよ。でもこれは捧げ物なんだ。定期的にお社に人間が供えてくれるから、肉や米はだいたいそれでまかなえるよ。肉はルプたちが喜ぶから、すごくありがたいね」

「俺のいた村は鹿とか猪なんて供えたことなかったと思うけど」

「亜耶が来た村以外にも、森の外側にはいくつか村があって、それぞれお社があるんだよ」

「そっか、森って広いもんね」

お供えを食料にしているあたりは森の主らしい。見た目は全然偉そうではないから不思議な感じだった。

（……いや、見た目も——本当は、神々しいんだよな）

一部分だけ銀色になった長い黒髪も、端整な顔貌も、立派な角も、人間からはかけ離れている。甲斐甲斐しくて、優しくて、少しも偉そうにしないから、忘れそうになるけれど。

（お供え物だって、ルプたちが喜ぶからありがたいって……自分のことじゃないし。いっつも俺のことばっかり気にかけてるし。蒼星って、人のことばっかり考えてるみたい）

亜耶は一個だけ残ったおはぎを見つめた。餡はつやつや光って綺麗だ。

「このおはぎも、蒼星が作ったんだよね」

「栗鼠たちは器用だから、本当は料理もできるんだけど、自分で作るのが好きなんだ」

「豆とかだって、本当はお供え物がもらえるんじゃないの？」

「もらえるものもあるけど、食べたいものを供えてもらえるとは限らないし、それに土いじりは昔から好きなんだよ。けっこう上手いほうだと思う。茄子《なす》も毎年大きいのがなるし、芋もたくさんとれるし、花だって育てられる」

ちょっとだけ得意げに蒼星が胸を張って、亜耶はふっと笑いそうになった。蒼星は、主さまにしては変わっている部類ではないだろうか。

「じゃあ、今度畑を見せてよ――あ」

言いかけて、はっとした。そうだ。思いついた妙案が嬉しくて、自然と明るい笑顔になる。

「俺も、畑を手伝いたい」

「亜耶が？」

「うん！　教えてくれればなんでもやるよ。それに、屋敷の中の掃除とか、洗い物とか、そういうのもやりたいな」

ひとりで全部やるのは絶対大変なはずだ。蒼星にまかせっぱなしなのは悪いし、それに、手伝いを口実にしたら、裏庭や屋敷の中を自由に歩き回っても怪しまれないだろう。本がいっぱいの部屋にも入れれば、印のことがなにかわかるかもしれないし、蒼星の弱点もわかるかもしれない。最悪でも、印を焼き消す手段は手に入れられるだろうだから、一石三鳥だ。

「だめ？」

じっと見つめると、蒼星は微笑んで首を振った。

「だめなわけないよ。亜耶がしたいことはなんでもしていい。散歩だって、ルプかウルスか、私が一緒ならいつでもいいんだよ」

「散歩もいいの？」

「森の中は安全な場所ばかりではないから、避けてほしいところや気をつけてほしいことはあるけど、それを覚えて守ってくれればね」

あとで教えてあげよう、と蒼星は目を細め、手を伸ばして亜耶の頭を撫でた。

「嬉しいな。きみが自分からしたいことを言ってくれて。ずっと緊張して、遠慮しているみたいだったから」

「それは……だって、主さまのお屋敷だし、自由気ままってわけにはいかないだろ」

「自由気ままでいいんだよ。私は亜耶の願いはなんだって叶えてあげたいんだから」

だったら、と喉《のど》まで言葉が出かかる。印を消してよ。

けれど蒼星の顔を見ると言えなかった。

（昨夜はずっと腕枕してくれたし……さっき足を拭いてくれた手も、丁寧だったもんな）

館に来てからはもちろん、村での夜も焦燥《しょうそう》と不安だらけで、あんなに気持ちよくぐっすり眠るなんてなかった。歩けない亜耶を抱いてくれたのも、本当は嬉しかった。亜耶には父親の記憶もないから、幼子に戻ったみたいに甘やかされるのが贅沢に思える。気恥ずかしいが、いやか、と問われたら――絶対にごめんだ、とは言えない。

誰も与えてくれなかった安らぎを、蒼星は与えてくれる。見返りも求めず尽くす彼に、ここから出ていきたい、と言うのは気がすすまなかった。溺《おぼ》れるほどに亜耶を愛しているのに、騙して印を消させて逃げたりしたら、どれほど悲しむのだろう、と思うのだ。

大切だとか可愛いとか、幸せになってほしいと言ってくれる蒼星が、帰ってこない亜耶に気づいたときにどんな顔をするのか想像すると、まだ裏切ったわけでもないのに胸が痛んだ。

館にいるのはウルスとルプとククとモモだけだ。人間、あるいは人のかたちをした蒼星の仲間は一度も見かけたことがない。もしかしたら、蒼星もずっと寂しかったのかもしれない。

(でも、自由になりたかったんだ、ずっと)

亜耶も長いこと孤独だった。十三年は亜耶にとって人生の大半で、寂しかった記憶しかなく、そのあいだ心の支えにしてきたのは、いつか自由に、幸せになることだった。

夢は捨てたくない。かといって、初めて味わう愛情を、すぐに捨ててしまう勇気もない。

おはぎを口に入れて食べ終えるまで迷って、じゃあ、と遠慮がちに口をひらいた。

「夜ごはん、お鍋にして」

できたてで熱々の鍋を、二人でつつくのは楽しい。土鍋から立ち上る湯気や、取り分けてもらった小鉢のぬくもり、残ったきのこをどっちが食べるかで譲りあうのも、森に来るまではやったことがなかった。

どう考えても冬の食べ物だけれど、蒼星はぱあっと顔を輝かせた。

「もちろんだよ！　ありがとう、亜耶」

「ありがとう？」

「したいこととか、食べたいものを教えてくれてありがとう」

「……そんなの、お礼を言うようなことじゃないだろ」

呆れて言い返したが、うなじがぼうっと熱くなった。いっぱい空気を吸い込んだみたいに胸が痛くて、亜耶は唇をへの字にする。

村で暮らすより、蒼星といるほうがずっと幸せだ。心地よい生活に騙されるつもりはないが、もう少しだけなら、と思ってしまう。

焦って印を消さなくても、いいのかもしれない。もうちょっとだけ、蒼星と暮らしてからでも、遅くないかもしれない。十三年も耐えたのだから、そう、あとひと月とか、ふた月くらいは。

(のんびりして英気を養うのだって、悪くないよな)

うん、と小さく肯いて、亜耶は自分を納得させた。


変わった木を見つけたのは、蒼星が見せたいものがあると言って、回り道をしながら帰る途中のことだった。

「あれはなに？」

木立の奥、苔が生えて黒ずんだ木の幹に、爪跡のように斜めに銀色が走っていた。亜耶の指差した先を見た蒼星が眉をひそめる。

「あれは……移動したんだな。見せたかったのはこれなんだ、亜耶」

「印のある木が？」

「あれはね、元は魔物なんだよ。木の魔物で、そばに来る人や生き物をとって喰らう」

蒼星は羊歯《しだ》を踏み分けて木に近づいた。

「半分眠っているようなものだから、亜耶もそばで見ていいよ。ただし、ルプに乗ったままでね」

「――うん」

蒼星の斜め後ろをついていくルプの背中で、亜耶は少し緊張した。蒼星の横顔が、いつになく真剣だったからだ。

懐から小刀を取り出した蒼星は、手のひらをしゅっと傷つけると、滲《にじ》んだ血を銀の跡の上に塗りつけた。

途端、風もないのに大きく枝が揺れる。オ、オ、オ、と風の音とも獣の唸《うな》りともつかない音が響き、ねじれた枝先から葉が落ちるのを、亜耶は息を呑んで眺めた。まるで木が悶《もだ》えているかのようだ。

蒼星は血の流れる手を幹に押しつけたまま微動だにしない。長い髪がわずかに浮き、光を放つように見える後ろ姿は、いつになく凜然《りんぜん》と、毅然《きぜん》としていた。

よじれてのたうつ枝が、ぎちぎちと耳障りな音をたてている。今にも枝が伸びて蒼星に襲いかかりそうに思えたが、いくらもしないうちに、ざわめきはおさまってきた。唸るような音は掠れて消えていき、やがて元どおり、すっかり動かなくなると、蒼星のつけた血の跡が、見つけたときと同じように銀色に、にぶく光っていた。

「魔物は昆虫に似たものや動物に似たものもいるけれど、一番恐ろしいのは木の魔物なんだ」

自分の傷に、蒼星は手拭いを巻きつけた。

「動き回る魔物なら声や気配がするけど、木の魔物は、普段は本物の木のようにただ立っているだけで、そばに行っても気づけない。獲物もほかの魔物と違って、ゆっくり締め殺すんだ。ときには何日も生かしたまま吊り下げておくこともあるような、残酷な魔物だ。この森はもともと、木の魔物が多いから、人が寄りつかないようになったんだよ」

「……そうだったんだ」

「亜耶も森の中を歩くときは気をつけて。この銀の跡は、私やかつての森の主たちが鎮めた印だ。一度鎮めても、この木みたいに目覚めて移動するやつもいるから、近づかないようにしてね」

「移動する？　木なのに？」

「木によく似た魔物だから、本当は動けるんだよ。木の真似をして獲物を捕まえる」

「じゃあ、銀の印がない木の魔物もいるってこと？」

蒼星が呆気なく退治した――鎮める、と言うらしい――から、一番恐ろしいと言われても実感は湧かなかったが、見回した木のどれかが魔物かもしれない、と思うとぶるりと震えが走った。急に肌寒くなった気がして、腕を押さえる。

「昔に比べれば数はうんと減ったけど、絶対にいないとは言いきれないね。亜耶には私の印がついているから、捕まってもすぐに放り出されるとは思うけど、あとで見せる地図の場所以外はひとりで歩かないほうがいい」

「わかった」

ということは、印がなければ喰われてしまう、ということだ。

蒼星はなにごともなかったように小道へと戻る。ルプに揺られてついていきながら、左手の手拭いにどうしても目が吸い寄せられた。

「手、痛くないの？」

「慣れているから、なんともないよ」

「慣れてるって……魔物を鎮めるのに、いつも血を使うんだ？」

「そうだよ」

蒼星は隠すように覆われた手を懐に入れてしまう。その仕草に目の奥が痛んだ気がして、亜耶はまばたきした。脳裏に、血の滲んだ手拭いが浮かぶ。あのときも蒼星は、手拭いを左手に巻いていなかったか。

血が、と言ったら、どこか怪我をしたの、と慌てて亜耶の顔を覗き込んだ、綺麗な紫の瞳。

曖昧な断片は思い出そうとすると煙のように消えてしまい、亜耶はぎゅっと拳をにぎった。

「ねえ……昔も、俺の前で魔物を鎮めたことはある？」

蒼星がはっとした様子で振り返った。

「思い出したの？」

「ううん。なんとなく、見覚えがある気がして、でも、思い出せない」

必死な表情がどんな感情の表れなのか推し量ることもできず、亜耶は首を横に振った。蒼星は大きく息をつく。

「そうだよね。記憶は、消したはずだもの」

残念そうにも、安堵《あんど》したようにも聞こえる声で言い、どこか寂しげに微笑む。

「つらいだろうから、思い出さないほうがいいと思うよ。以前に亜耶の前で魔物を狩ったのは、きみの父親を助け損ねたときだから」

「……父さんを」

どきりとして、亜耶はルプの毛並みを摑んだ。

どういう経緯で自分が助けられたのかは、気になることのひとつだった。教育係の老婆は、父を殺したのは蒼星かもしれないと言ったけれど、実際に会ってみれば、蒼星はそんなことをするようには見えない。

「父さんのことも、助けようと、してくれたの？」

「助けられたらよかったんだけどね」

蒼星は記憶を追うように上を向いた。

「あの日は魔物が日没前から騒ぎだして、おかしいと思って駆けつけたら、魔物たちの真ん中にきみを連れた父親がいたんだ。一匹が空からきみを狙《ねら》っていて、父親の後ろにもう一匹いて、周りには小さい魔物が何匹もいてね。走ったけど、魔物の動きが速くて……間にあわなかった。亜耶だけ、どうにか救い出したんだ。ひとりぼっちにしてしまって、ごめんね」

教えられても、それが真実か確かめる術が亜耶にはない。けれど、蒼星が嘘《うそ》をつくとは思えなかった。村では蒼星は厄介な祟り神のような言われ方をしていたが、たぶん、逆なのだ。

彼が自分を傷つけながら魔物を追い払ってくれるから、森の外まで魔物が出ていくことはない。

亜耶は自然と微笑んで、申し訳なさそうな蒼星を見上げた。

「謝らなくていいよ。むしろ嬉しいくらいだもん」

「嬉しいって、どうして？」

「村では蒼星が殺したって言う人もいたから、あんたが殺したんじゃなくてよかったなって」

親の仇でないなら、蒼星に大事にされながら、後ろめたさを覚えなくてすむ。亜耶は安心して蒼星に笑いかけた。

「ありがと、蒼星」

「――どう、いたしまして」

蒼星は一瞬、泣き出しそうな表情をした。怪訝《けげん》に思ったが、彼はすぐにくしゃりとした笑顔になって、明るい声で言った。

「館に着くまでは、昔話をしようか。ちっちゃかった亜耶がどんなふうに私たちと過ごしてたか、ウルスとルプにも聞いてみたら」

「それなら、おれはとっておきのがありますよ！」

「ぼくも、亜耶さまが蜂蜜を分けてくださったお話はしておきたいです」

蒼星の話を遮らないためか、おとなしくしていたルプたちが元気よく話し出す。

「おねしょの話もいいねえ！」

「蒼星さまの髪がむしられた話も捨てがたいですよ」

「私はそうだなあ、亜耶が好きだったお馬さんごっこの話かな」

「……なんか、あんまり聞きたくない」

とくにおねしょはいやだ。不名誉すぎる。

「言っとくけど、もうおねしょなんかしないし、暗いのだって、風だって、魔物だって怖くないからな。大人なんだから」

むくれた亜耶に蒼星は笑って、手を伸ばして頭を撫でた。

「もちろん、もう子供だなんて思っていないよ。亜耶は、本当に綺麗になったもの」

「……いっつも、そういうことばっかり」

ますます膨れて見せながら、亜耶はきゅんと疼く胸を持て余した。口が痒《かゆ》くなりそうな褒め言葉だ、と思うのに、莫迦《ばか》じゃないの、と呆れられない。

どきどきしてしまって俯くと、ルプがふわぁ、と変な声を出した。

「あつあつです……新婚さんだぁ……」

「ぼくたちまで照れちゃいますね……おねしょしてた亜耶さまが……」

「だから、おねしょの話はするなってば！」

照れと羞恥《しゅうち》で大きな声を出して、それなのに、少しもいやな気分ではなかった。

いやどころか、いいな、と思ってしまう。ウルスもルプも怖くなくて、気のいい兄弟みたいだし、蒼星のことは——。

（……けっこう、悪くない、かも）

もちろん、嫌いじゃないというだけだと急いで打ち消して、亜耶は蒼星を盗み見た。ゆるく流れる黒髪と秀麗な横顔は、すぐに気づいて「なあに？」と聞いてくる。紫の瞳が甘やかに思え、亜耶はぱっと顔を背けた。

「なんでもない」

好きにはならない、と自分を戒める。親の仇でなくたって、亜耶の自由を奪う、なにを考えているかわからない森の主であることには変わりがないのだ。

（一生森で暮らすなんていやだからな）

肩をそびやかして考え、それでもなお、どきどきと鳴る心臓は、長いことおさまらなかった。

翌日から、亜耶は家事を手伝うようになった。

ククとモモと一緒に掃除をしたり、庭の片付けをしたり。ルプやウルスと一緒に焚《た》きつけに使う小枝を集めてきたり。裏の畑の手入れも、食事の支度も、手伝わせてもらえるのが新鮮だった。

禁止される家事や、出入りできない部屋があるだろうと思っていたのに、なにをしても、どこを開けてもよかった。触れてはいけないものも、見てはいけないものもない。

あまりに簡単に「いいよ、なにをしても」と言われたので、亜耶は食い下がった。

「そんなこと言って、見られたくないものとか見つけられたらどうするんだよ」

「見られたくないものはないなあ。ああ、西の部屋にある薬簞笥《くすりだんす》の中身は、薬だから勝手に食べないでね。おなかを壊したら困る」

そんなことしない、とむっとした亜耶の頭を、蒼星は優しく撫でた。

「亜耶は記憶がないんだもの。知りたいと思うのは当然だし、それに館の中をあちこち見て歩いたら、少しだけ思い出して、安心できるかもしれないでしょう?」

記憶を消した張本人がなにを言っているんだ、と思ったが、おかげで亜耶は館の間取りを覚えることができた。

口の字のかたちの館は南が出入り口になっていて、その脇から東の棟にかけて、一番大きな居間がある。居間の隣には蒼星の使う部屋があり、その隣、北東の角にかけては大きな図書室だった。北側の棟には物置と厨房、風呂と厠のほか、小部屋がいくつか並んでいて、かつては森の主に仕える者たちが寝起きしていたのだそうだ。今は栗鼠たちが使っているだけで、ウルスとルプはたいてい、中庭か、西や東の裏庭にいる。

北西の角が亜耶に与えられた部屋で、玻璃《はり》の入った大きな窓からは、北に造られた可愛らしい庭が見える。その隣が「夫婦の寝室」で、西南の角までの広い部屋は、納戸や衝立でいくつかに仕切られていた。夫妻で過ごすための場所だそうだが、薬箪笥や衣装棚以外はほとんど使われていない。

出入り口のある南の棟は客室と応接室で、綺麗な家具が置かれていたが、ここも使われた形跡がなかった。

思い描いていたような城ではなかったけれど、ひとりどころか、二人で暮らすにも広すぎる。迷い込んでくる人間も訪ねてくる者もない。館の周囲から聞こえるのは、風や雨の音か、鳥や小動物の鳴き声くらいで、ごく静かだった。

もちろん、ウルスたちもいるから、亜耶がいた村の小屋よりはずっと賑やかだし、仕事も手伝わせてもらえるので、暇を持て余すということはない。

晴れた日に外で働くのが新鮮で楽しいだけでなく、雨の日、料理や家の中でできる仕事を手伝うのは、ことのほか面白かった。亜耶にとって雨の日は暗くて心も滅入る時間だったのが、ここでは違う。

蒼星が、今日はクッキーを焼こう、と言い出したのも雨の日だった。

「さくさくしておいしいんだ。たくさん作れば、明日も明後日も食べられる」

「それってお菓子？」

「うん。木の実を載せるから、好きなのを選んでね」

きゅっと襷《たすき》をかけて髪を束ね、蒼星は小麦粉の入った袋を出す。亜耶は言われるまま、彼と並んで粉や油を計った。

材料をまぜ、まとめて切り分け、丸いかたちに伸ばす。そこに胡桃《くるみ》や乾燥させた枸杞《くこ》の実をちらし、平たい鉄の板に並べて石窯に入れれば、あとは待つだけだった。

「焼けたらひとつ冷ましてください」

珍しく一緒に台所にいるルプが、尻尾を振り振り石窯の匂いを嗅ぐ。控えめにウルスも、ククとモモまでが手を上げた。

「ぼくもほしいです、クッキー」

「わたしたちもほしいのです」

「みんなも食べられるお菓子なんだ？」

今までいくつか菓子を作ってもらったが、彼らが欲しがるのは初めてだ。蒼星はお茶を淹れながら笑った。

「本当はだめかもしれないけど、まあ、仕獣《しじゅう》だからね。四匹とも、甘いものは好きなんだ」

「しじゅう？」

「主に仕える獣という意味だ。普通の獣とは違う」

「そっか。しゃべれるもんね」

背の高い卓につくと、両隣にルプとウルスが来る。ククとモモもそれぞれ椅子に乗り、焼き上がりを楽しみにしているようだった。久しぶりなのです、と嬉しそうなのが微笑ましい。

「そんなにおいしいお菓子なの？」

「おいしいんですよぅ。うんと遠い異国のお菓子だそうで、おれはお菓子の中では一番好きです」

「ぼくは木の実が好きなので……そのままでももちろんですが、蜂蜜をかけてもおいしいんですよ。

亜耶さまも、小さい頃お好きでした」

そう言われると亜耶も期待が高まってくる。石窯からは甘いいい香りがしてきて、匂いを嗅ぐと蒼星が顔を綻ばせた。

「みんな、焼きたては一枚ずつだよ。冷めてからのほうがおいしいんだから、夕方のお茶に取っておかないと」

はーい、とルプたちが返事して、亜耶は笑いそうになった。蒼星がお父さんみたいだ。それもとびきり優しくて面倒見のいい父だ。ウルスとルプは兄、ククとモモは弟、という気がする。

(——てことは、俺はお母さんになるのか？)

嫁入りすれば蒼星の妻なのだから、立場はお母さんになるはずだが、あまりぴんとこない。それより、兄弟の真ん中、くらいがしっくりくりする。賑やかで、仲良しの家族だ。

悪くないな、と嬉しくなりつつ、亜耶は幾度も石窯を振り返った。淹れてもらったお茶もおいしいけれど、甘い香りが強くなってくるのが気になる。

「クッキーって、焼けるのに時間かかるの？」

「二、三十分ってところだよ。生焼けだとおなかを壊すから、待ってて」

「あ、お暇でしたら、おれが踊りましょうか？」

ぴょこんとルプが鼻先を出す。亜耶は驚いて、きらきらしているルプの黒い目を見つめた。

「ルプ、踊れるの？　狼なのに？」

「踊れますよう。こうして」

得意そうにルプは後肢で立ち上がった。ひょい、と前肢で均衡を取って、前後に肢を踏み出して見せる。

「なーつも、ちっかづーく、はぁちじゅう、はち、やっと」

微妙に季節外れで下手くそな歌声にあわせて、尻尾を振り振り踊るルプを、亜耶は呆気に取られて眺めた。踊る動物なんて聞いたこともない。普通の獣ではないからできるのだろうが、不思議な光景だった。

ルプは興が乗ってきたのか、あおーん、と遠吠えもつけてびしりと動きをとめ、栗鼠たちが小さな手で拍手した。上手なのです、と囃《はや》されて、ルプは鼻先を目いっぱい上げた。

「どうです？　亜耶さま」

「うん、上手だった。……すごいね」

褒めながら、だんだんおかしくなってきて、亜耶は口を押さえた。が、我慢できずに声をたてて笑ってしまう。だって、ルプの表情が面白いのだ。ふらふら上下左右に揺れながら踊っていたのも、思い出すと可愛くておかしい。ルプが残念そうに耳を伏せた。

「亜耶さま、おれ、下手だった？」

「ううん、そんなことない。でも、狼が二本足で踊るなんて、見たことないからびっくりして……楽しくてさ」

「楽しくなりました？」

すぽ、と腕と胴のあいだにルプは頭を入れてくる。亜耶は頭を撫でてやった。

「すごく楽しいよ」

ふかふかの首回りの毛の内側は、意外にやわらかくて気持ちがいい。抱きついてみるとあたたかく、満ち足りた気持ちになった。

「今度またやってよ。ウルスと一緒に」

「ぼくは踊るとかそういうのはあんまり……」

「ウルスは苦手なの？　じゃあ一緒にルプに教えてもらうのは？　それで、祭りの日にみんなで踊るんだよ。——あ、お祭りって、ここではないの？」

村では皐月《さつき》と長月《ながつき》には必ず祭りがある。村人たちが盛り上がるのを、亜耶は小屋の中で聞くか、遠目に見たことしかないから、ちょっとした憧れだった。

蒼星は愛おしげに目を細める。

「普段はやらないけど、特別なご馳走を用意して、わいわいするのもいいね」

「だったら、やるなら秋だね」

お月見もあるし、と何気なく言って、亜耶はルプの毛並みに頬ずりした。ちょっと香ばしい匂いは狼特有のものだろうか。慣れてしまうとこの匂いも悪くない。

「楽しみだなあ」

いつになく浮き立った気持ちだったから、亜耶は蒼星の返事が遅いのに気づかなかった。しんとした間を置いてから、そうだね、と静かに返ってくる。

「秋になったら、団栗《どんぐり》を使ったクッキーも焼けるよ」

「え、どんな味がするんだろ。団栗って食べたことない」

「今日のクッキーが気に入ったら、焼いてみようね」

にっこりした蒼星が立ち上がって石窯に近づく。その笑みがどこか作り笑いに見えて一瞬気にかかったが、亜耶はすぐに、窯の中に引きつけられてしまった。鉄の戸を開ける彼の後ろから覗き込むと、引き出された鉄板の上で、丸い焼き菓子がこんがり狐色《きつねいろ》になっていた。

「焼けたみたい。竹ざるにあげて冷まそうね。味見用に、亜耶も好きなのをひとつ選んでいいよ」

蒼星の声は普段どおりで、亜耶はわくわくと聞く。

「どれでもいい？」

「もちろん」

「じゃあ、胡桃が載ってるやつにする」

「おれは大きいのにしてください！」

「ぼくは枸杞の実がたくさんのところがいいです」

「わかったわかった。でも、大きいのはだめ」

後ろで押しあいへしあいする二匹に笑って、亜耶は一番大きくて、胡桃も枸杞の実も載った一枚を指差した。

「これ」

「これね」

蒼星が菜箸で取り分ける。全然わかっていなさそうなその袖《そで》を、亜耶は引っ張った。

「それ、蒼星の分ね。せっかく作ってくれたんだから、味見、一番いいところにしなよ」

「私はいいよ。みんなで食べたら、明日にとっておく分がなくなっちゃうから」

笑って首を振る蒼星がもどかしい。だめだって、と言って、彼の胸を押した。

「いっつも蒼星って俺たちになにか作ってくれたり、してくれたりばっかりじゃん。そういうの、俺やだよ。蒼星も食べなよ」

「……亜耶」

「俺はこっちの、胡桃だけのにする」

籠《かご》の中を指差すと、ふにゃ、と蒼星の眉と目尻が下がった。菜箸を置き、かわりにぎゅっと抱きしめてくる。

「こんなに優しく育って……もう、私はどうしたらいいんだろう」

密着した蒼星の身体は泣きそうに震えていて、亜耶は苦笑して背中を叩《たた》いた。

「焼き菓子ひとつでそんなに感激することないだろ。嬉しかったら、ありがとうって言えば？」

「うん。……うん、そうだね。ありがとう」

そうだね、と言いつつ、吐息まじりの礼は思いがこもりすぎているように聞こえた。感激屋なんだから、と亜耶はもう一度袖を引っ張った。

「ほら、離れてよ。早く味見したいし、ウルスたちも待ってる」

いえぼくたちは、などとみんなは遠慮してくれたが、亜耶が引きはがすと、蒼星は素直にクッキーを取り分けた。団扇《うちわ》であおぎ、最後はふうふう息を吹く。ぎりぎり手で持てる温度になったところで待ちきれなくて歯を立てると、噛んだそばからほろりと崩れた。

「ん……おいしい！　さくさくしてる」

焼けた胡桃もかりかりして、あっというまに一枚食べ終わってしまう。飲み込むと砂糖と卵のにおいがまじって鼻腔をくすぐり、亜耶ははっと顔を上げた。

「――これ、食べたことある」

強烈な懐かしさとともに、クッキー、という風変わりな名前も思い出した。そうだ。おいしくて好きで、作り方もぼんやりとだが覚えていて、それで村で、たぶん教育係の老婆に言って、気味悪がられた。

「三回くらい一緒に作ったからね」

亜耶が思い出したことに、蒼星はもう驚かなかった。

「知識は記憶を消しても残ることがあるそうだから、覚えていても不思議じゃないよ。どう？　食べてみて、大人の亜耶も気に入った？」

「うん、おいしい」

「よかった。また作ろうね」

幸せそうな眼差しを注がれて、亜耶はまた、じわりと胸が熱くなるのを覚えた。蒼星の愛情が伝わってくるから、身体が熱を持つのだ。くすぐったさに誇らしさを混ぜたような、なんともいえない感じがする。

（——蒼星って、莫迦《ばか》だよなぁ）

絶対あんた損してるよ、と言ってやりたくなる。記憶を消さずにおいて、亜耶がちゃんと蒼星のことを覚えていたら、きっと喜んで嫁入りできた。だって、ほんのわずかな、あるともしれない記憶ですら、孤独な日々には支えになっていたのだから。

よく働いて可愛いククとモモ。優しいウルスと気のいいルプ。そして、心から亜耶を大事にしてくれる蒼星。自分には無縁だと知りつつも、どこかにいたら、と幼心に願った「仲間」こそ、彼らなのだろう。ここでの日々が楽しくて幸せだったから、心だけでなく身体にも染みついていたに違いない。

だから、覚えていたら、もっと――再会した瞬間から、お互いに幸せを噛みしめられたと思う。

記憶を消すなんて、自分から恨まれにいくようなものだ。

なんでそんなことしたの、と聞こうとして、亜耶はやめた。

(もしかしたら、俺が蒼星にとって、許せないこととか、悪いことをしたのかもしれない)

こんなに愛してくれているのに記憶を消す理由が、亜耶には自分のせいだとしか思えなかった。そうなら、聞いてもたぶん蒼星は教えてくれないだろう。

だったら自分で調べたほうがいい。書物なら、蒼星が口にしない事実も、わかるかもしれない。

屋敷の中ではなにをしてもいい、と蒼星にも言われているのだから、図書室や書斎に入って調べ物をしても、咎《とが》められることはないはずだ。

(……もし文句を言われたら、あんたがいいって言ったんだろって返そう)

過去の記憶なんてなくても、これから生きていく上で支障はないと考えてきたけれど、覚えていたかった、と強く思う。もちろん、消したのは蒼星なのだから、亜耶の意思ではどうにもならなかっただろうが――せめて、知りたい。

自分のことだけでなく、蒼星のことも。


できればひとりのときに調べたいと機会を窺いはじめたものの、亜耶のそばにはたいてい誰かがいるおかげで、図書室や蒼星の書斎をゆっくり見ることができなかった。

じりじりしながらひとりになれる隙を待って数日で、蒼星が出かける日がやってきた。

この日も梅雨らしく、朝から小雨が降っていたが、定期的に森を見回らなければならないからと、蒼星は支度を整えた。

「行ってくるね。ウルスとルプと、両方連れていってしまうけど、ククたちはいるし、館から出なければ危険はないから」

「今日は雨だから、畑にも出ないよ。大丈夫」

出かけていくひとりと二匹を見送って、亜耶はさっそく図書室に入り込んだ。主人の不在で久しぶりに料理ができると喜んだククとモモは台所にいるし、掃除をすると言っておいたから、邪魔される心配はない。

天井も高く、村で閉じ込められていた家が六つくらい入ってしまいそうな広さの図書室は、乾いた紙と墨の匂いがする。持ってきた灯りを掲げると、窓のない暗い部屋がぼうっと明るんだ。壁際の書棚以外にも中央を十字に区切るように棚が置かれていて、どこもぎっしりと、天井まで本や巻物が詰め込まれている。

「右の棚は前にちょっと見たから……今日は、真ん中にするか」

暗いのが少し怖くて、ひとりごちて書棚に近づく。十字の書棚を裏に回り込むと、そこもほかの棚と同じように、本でいっぱいだった。

ここの書棚は、鶯色《うぐいすいろ》や朱色の和紙を表にして糸で綴《と》じた、村にもあるような書物よりも、なめし革を張った本が多い。立てかけられた梯子《はしご》を上り、一番上の左端の一冊を抜き取ってひらいてみると、見慣れない文字が並んでいた。

棚に戻し、次の一冊、また一冊と見ていく。知らない漢字ばかりの本も、一冊目とは違う言語で書かれた本もある。一段全部確かめても、読める本は一冊もなかった。

「だいたい、蒼星がここに入ってるのも見たことないもんな」

知りたいことを記したものは、ここにはないのかもしれない。少なくとも、革張りの本は見ても仕方がなさそうだった。

梯子をいったん下り、亜耶は一番下の段に目をとめた。本でも巻物でもない、紙の束が詰め込まれている。なんだろう、と引っ張り出すと、五十枚ほどの紙が簡素に綴られた束だった。表に書かれているのは知らない文字に思えたが、よく見ると数字だ。普段亜耶たちが書く数字とは違うが、どうしてか読める。

「二、八、二、一、五、六、二、八、二、三、一、一、七……なんだろ」

めくると、初めに記載されているのも二八二一五六、だった。行を変えて、晴、とある。

「えっと、ハ……ハザマあり、かな。薬と布——持ってきてもらった？　森は平穏……」

どうやら日記のようだった。ハザマというのは誰かの名前だろうか。変な名前だが、なんとなく聞き覚えがある気もする。

日付を見直したが、いつのものかはよくわからなかった。蒼星が書いたのか、そうでないのかも不明だ。紙は黄ばんで破れかけているところもあり、相当古そうだった。

起こった事柄だけが淡々と記載された内容を流し読みして、次の束を引き出す。森の主として守らなければいけない決まりとか、秘密だとかが書いてあればよかったのだが、それらしき記載はない。ただ、見回りに行くのは主としての仕事のようだ。取り立てて変化のない内容にすぐに飽きて、亜耶は段の反対端の束を読んでみることにした。

ひらいてすぐ、どきりとした。亜耶、と自分の名前が出てきて、書いたのは蒼星だとわかった。

一瞬、閉じて見なかったことにしようか、と思いかけ、亜耶は結局文字を追った。

『今日は亜耶が一度も泣かなかった。一緒に菓子を焼くのが楽しかったようで、明日もやりたいと言う。小麦が足りなくなりそうだから、頼んで持ってきてもらわないと。膝の上で一生懸命食べる姿を見ていると、どうしようもなく愛おしい』

きゅう、と胸が痛くなった。やはり自分のことだ。記憶にない、ここでの生活が目に浮かぶようだった。亜耶は息をつめたまま、次の日の記述も読んだ。

『明日もやりたいと言ったくせに、亜耶は赤い蜻蛉に夢中になって、なかなか帰ろうとしなかった。一匹捕まえてあげたら指をかじられて、すぐに逃げられていた。べそをかいていて、落ち込むかと思ったけれど、亜耶は帰り道も蜻蛉は綺麗だと繰り返した。羽が好きみたいだ。明日も見たい、と言い出して、また「明日も」がはじまったぞと思っていたら、急に、「でもそうせいもきれいだよ」と慰めてくれた。私が拗ねたと思ったみたい。いい子だ』

『雨。中庭にも出られないから、亜耶はルプとウルスに跨がってお馬さんごっこをしていた。しまいには私にも跨がりたいと言い出して、生まれて初めて馬の格好をした。髪を摑まれると痛いから、角にしてくれと頼んだら、「角は痛くない？」と聞いてきた。痛くないよと教えても、そっとにぎってくれて、角にも感覚があればいいのに、と残念だった。桃色であたたかい亜耶の手が、にぎりしめてくれるのが嬉しい』

胸が痛むのに、同時にくすぐったい。いい子どころか手のかかるわがままな子供じゃないか、と思

ってみても、わっと叫び出したいようなくすぐったさはおさまらなかった。よかった、と思う。記憶はなくても、自分はちゃんと生きていて、暮らしていたのだと、初めて実感できた気がした。

ほのぼのとした日常を何日分か読んで、亜耶はひとつ前の束を手にした。

頁を行き来し、拾われた日の記述を探したが、見つからなかった。かわりに翌日か数日後と思われるものがあり、蒼星は怯える亜耶を案じていた。その頃、離れると怖がるので、ほぼ一日、蒼星は亜耶を抱いて過ごしていたようだ。夜も物音も怖がる亜耶を、蒼星は何度も心配だと書いている。今でも暗いのが怖いのは、魔物に襲われた経験のせいなのかもしれなかった。

(そういえば、蒼星が、俺からなにかもらったって言ってたけど……)

いつ頃のことだろう。めくってみても、そういう話はない。

そのかわり、どこを読んでも、幼い自分はひたすらに、蒼星に大事にされていた。

「蒼星、ほんとに面倒見いいなあ」

寝る時間も惜しんで、つきっきりで世話してくれた蒼星を思うと、ありがたさと申し訳なさで苦しい気持ちがした。彼のおかげで徐々に朗らかさを取り戻し、楽しそうにしている自分は、蒼星の書きぶりのせいか妙に可愛い。

日記はほぼ毎日、綴られていた。秋が来て冬になり、雪の中で過ごして、また春が来る。亜耶の背が伸びたと大喜びしている日記に思わず笑い、頁をめくって、亜耶は首を捻った。

日付が三日も飛んでいる。気になって綴じ目を確認したが、破れたわけではなさそうだった。

そこからは徐々に飛び飛びになり、あれほど朗らかだったのが、淡々とした書き方になった。なにがあったのだろう、と気になりながら読み進めて、やがて「明日、亜耶を村に戻す」とだけ書かれた日まで見て、亜耶は顔を上げた。これではなにもわからない。

たぶん、書かれていない、なにかがあったのだ。

がっかりしたような、釈然としないような気持ちで、亜耶は自分が来る前の日記も読むことにした。蒼星のことが、多少なりともわかるかもしれないと思ったからだ。

だが、亜耶のいない蒼星の日々は、想像以上になにもなかった。最初に見つけた日誌のように、淡々と出来事だけが綴られていて、蒼星の気持ちはなにも伝わってこない。見回りの日。畑の手入れ。魔物の退治。雨、晴、曇。遡《さかのぼ》っていくと、ウルスやルプもいない日々のことも書かれていて、それが二百年ほども前だと気づくと呆然とした。

主だから、長命だったり、不死だとしてもおかしくはない。だが――他人と交わることもなく、ひとりきりでこの館で暮らすのは、仕事があったとしても、孤独ではないのだろうか。

ふいに眼裏に、鉄格子ごしの青空が蘇って、亜耶は唇を噛んだ。

ひとりでいる寂しさは、いやというほど知っている。人間の子供と神である蒼星とでは、感じ方は違うかもしれないけれど、平淡な記載と、大半が使われていない館を思い返すと、伝わってくるのはやはり孤独だった。

せめて神様の仲間はいないのだろうかと、もう一度日記に目を落としたとき、ぱたぱたと栗鼠の足音がした。蒼星さま、という声に、もう戻ってきたのだと、慌てて立ち上がる。

廊下に出ると、蒼星はちょうど中庭に入ってくるところだった。姿を見るとなんだかたまらなくて、亜耶は駆け寄った。

「おかえりなさい」

胸に飛び込む勢いで近づいて見上げると、蒼星はじわりと頬を赤らめた。

「た、ただいま」

もごもご呟いて、落ち着かない仕草で髪をかき上げる。

「おかえりって出迎えてもらえるなんて、贅沢だね」

照れまくっている蒼星を見ると、亜耶も恥ずかしくなってくる。なんで駆け寄ってしまったんだろう。でも、日記を読んだせいか、寂しいような気がして……本当は、しがみつきたかった。

そうするかわりに、亜耶は斜めに視線を逸らした。

「贅沢ではないだろ。モモたちだって出迎えてくれてるじゃん」

「亜耶がおかえりって言ってくれるのがいいんだよ。一緒に暮らしているって実感できる」

「そりゃ……実際、一緒に暮らしてるんだし……」

口ごもって視線を彷徨《さまよ》わせると、ウルスたちが目配せしあっているのが目に入った。

「見てくださいルプ。甘酸っぱくて、今日も新婚さんって感じですね」

「お二人とも照れちゃって、初々《ういうい》しいねえ」

「し、新婚さんてなんだよ！　まだ結婚してないだろ！」

「よかったですね蒼星さま。亜耶さま、早く祝言《しゅうげん》があげたいんですって」

「そんなことは言ってない！」

「蒼星さま、ご予定はいつなんですか？」

怒鳴る亜耶を無視した二匹に見つめられ、蒼星は仕方なさげに微笑んで手を振った。

「秘密だよ。さあ、二人とも足を洗ってきて。居間で食事をあげるからね」

「はぁい」

「追い払われちゃったねえ、ウルス」

「お邪魔してしまいましたね、ルプ」

くすくす笑っている二匹を、まったくあいつらは、と睨みつける一方、亜耶は蒼星の顔を見られなかった。ひやかされたせいで、うなじまで熱い。

「おいで、亜耶。お土産があるんだ」

「……なに」

「開けてごらん」

振り向けない亜耶の前に、木の葉でできた包みが差し出される。亜耶は受け取って、廊下の端に腰かけた。縁側のようになった廊下は、中庭に足をおろして座るとちょうどいい高さなのだ。小雨は上がり、庭の白砂には薄陽が差している。

結んだ紐をほどくと、中からは細長い赤い実がこぼれ出た。

「茱萸《ぐみ》だよ。綺麗な色だろう？　なっていたから、食べさせてあげようと思って」

「へえ、初めて見た。食べられるんだ」

透き通る実を陽差しにかざすと、隣に座った蒼星が不思議そうな顔をした。

「知らない？　村にも茱萸の木はあったはずだけど」

「ほんとに見たことないよ。……あ、甘い」

少しくせのある甘い果肉の中には種があって、噛むと苦かった。でも、おいしい。二つ目を口に入れた横で、蒼星が首をひねる。

「亜耶が散歩したあたりにも茱萸はあったけどな」

「――蒼星、村に行ったことあるの？」

亜耶のほうがびっくりして、蒼星を見上げる。どう聞いても、散歩する亜耶を見たことがあるとしか思えない言い方だった。彼はしまった、という表情で、微妙に顔を背けた。

「もちろん村の中には入ってないよ。誰にも見られてない。亜耶がどうしてるか心配で……ちゃんと食事が運ばれてるかとか、散歩しているところを、ちょっとだけ、見守っていただけだ」

「そんなに言い訳しなくても、べつに怒ってはいないけど」

ぷちゅんと弾ける果実を口に入れて、亜耶は中庭を見やった。充実した畑や裏庭に比べると味気ない。綺麗に掃き清められた白砂に、小さな木と岩だけの庭だ。見たいものがあったというより、横にいる蒼星を直視できなかった。

日記を見てしまったからわかる。あんなに慈しんでもらえて幸せだった亜耶が、自ら村に帰りたいと望んだとは、とても思えない。

「――わざわざ様子を見に行くくらいなら、記憶を消したりしないで、ずっと一緒に暮らしてもよかったのに」

ほろりとそう言ってしまうと、蒼星が亜耶を見るのが、気配で察せられた。

「それは、できなかったんだよ」

口調は呆気なく、そしてきっぱりしていた。

「私にできることは、印をつけて記憶を消して、村に戻すことだけだった。人の世界で暮らすには、ここでのことをあまり覚えていると嫌われてしまうかもしれないからね」

「……記憶がなくても、村では嫌われてたよ」

見ていたくせに、と蒼星を振り返る。彼は不思議そうに長い髪を揺らした。

「もちろん、普通の子供みたいに扱われるわけはなかったと思うけど。でも、大事にされていたでしょう？　印は森の主のものだって、みんなわかっていたよね？」

「わかってた、けど」

「小さいけど家も与えられて、毎日食事も届けられて、世話をする女性も通ってきていたし、成長にあわせて着物も新しくなったでしょう？　散歩も、村の人と一緒にしていた。殴られたり、飢えたりしたことはなかったよね？」

そのとおりだった。表立ってひどい扱いを受けたわけではない。ただ、好かれていなかっただけだ。亜耶はよそ者扱いされていた男の子供なだけでなく、行方知れずになったのにひとりだけ戻ってきて、恐ろしい主さまの印のついた存在だったのだから、異物として忌避《きひ》されたのは仕方ないと、亜耶だって理屈ではわかる。あれ以上を望むのはわがままだったのだろう、とも。

でも、つらかったのだ。寂しかった。無条件に抱き寄せて慈しんでくれる人がほしくて、けれど、誰もいなかった。

ここでどんなに愛されていても、記憶がないから、ただ孤独だった。

黙ると、蒼星は不安そうに眉根を寄せた。

「それとも、私の知らないひどい扱いがあった？　虐げられたり、殺されたりしないように、印をわかりやすい場所につけたんだけど。なにかあっても、記憶がない亜耶は私を呼べないから」

亜耶は額を押さえた。

「……俺が、なにか悪いことしたから、記憶を消したんじゃない？」

日記にも、亜耶を返した理由や記憶を消した理由は記されておらず、なにひとつわからなかった。

でも、あれなほど大切にされていたのだから、よほどのことがなければ、蒼星は亜耶を手放そうなどと考えなかったはずだ。

「もし、俺がなにかしたなら――」

「亜耶がして悪いことなんてなにもないよ。昔も、今も」

謝ろうとしたのを遮って、蒼星はきっぱりと言った。

「村に戻したのは、私が考えて決めたことだ。亜耶に怒ったとか、悪いことがあったとかじゃないよ。きみが気に病むことはないんだ」

「……そう」

言い切られて、諦めの気持ちが湧いた。疎ましいこの印も、蒼星はよかれと思ってつけたのだ。嬉しくはなかったが、もう腹は立たなかった。ただ、違うのだな、と思う。

蒼星と自分では、感じ方や考え方が違うのだ。

もうひとつ茱萸を取って、包みを蒼星に差し出す。

「おいしいから、蒼星も食べなよ」

「――亜耶」

懐かしそうに目を細める彼の表情にも声にも、愛情は溢《あふ》れている。

「私はひとつでいいよ。お土産だから、亜耶がいっぱい食べてくれないと」

「……うん」

「もう少ししたら紅葉苺《もみじいちご》がなるし、葉月《はづき》には苗代苺もなる。とりに行こうね」

「うん」

肯き、甘酸っぱくて少し苦い果実を噛みしめた。

「ひとつ聞いてもいい？」

「もちろん」

「記憶を消したとき、蒼星も寂しかった？」

聞いてから、亜耶は急いでつけ加えた。

「蒼星がいないあいだ、図書室で読んでたんだ。……蒼星が書いた、日記みたいなの。勝手に、ごめんなさい」

「そうだったんだ。かまわないよ。この館で触ってはいけないものも、見てはいけないものもないって言っただろう？　もし読まれたくなかったら、燃やしてしまえばよかったんだから」

穏やかに首を振って、蒼星は遠い目をした。

「寂しかったよ。印をつけて、記憶を消して、村外れまできみを送り届けて、ひとり残して戻るときに、また私はなくすんだと思った」

「また？」

「昔ね。とても大切だった友人をなくしたことがある。そのとき、この先はこんなに悲しい、寂しいことはないだろうと思ったんだ。なのにまたなくすのか、とせつなかった。——忘れられる、ということは、その人の中で死ぬのと同じだろう？　相手にとって、私は存在しないものになる。大好きで大事な亜耶の中にもう私がいないと思うと、引き返して抱きしめたかった」

でも仕方なかったんだ、と呟き、蒼星はじっと亜耶を見つめた。頬に触れ、かたちを確かめるように撫でてくる。

「忘れないでね。私は、亜耶にはこの世で一番、幸せな人間になってほしい」

苦しくなるような掠れた声。寂しい思いで、亜耶はそれを聞いた。

「記憶を失うのも、死ぬのと同じじゃない？」

「――亜耶」

「俺は、……俺も、ずっと不安だったよ。自分のこともわからなくて、なにを言われても、本当かどうかもわからないから」

気にしなければいい、と自分に言い聞かせてきたけれど、日記を読んだあとでは、なにが不安だったのか、わかってしまった。

亜耶にはよすががない。心の拠りどころにできる、血縁だとか、思い出だとか、家族だとか、どう生きてきたかとか、普通ならなにかひとつあるはずの、「自分」を信じる術が、なにもなかったのだ。

そのおぼつかなさが、消えない霧のように亜耶にはずっとまとわりついている。今でさえ。

「名前も覚えてなかったのに、変なことだけ知ってて、周りの人からは腫《は》れ物みたいに扱われて、でも仕方ないんだって思ってた。記憶がないから、言うとおりにするしかない。心のどこかで、みんなが嘘をついているのかもしれないって思っても、疑うこともできなかった。日記を読んでも、嬉しかったけど、思い出せるわけじゃなくて――ここで暮らしてたときの俺は、もう俺の中にはいないんだ。それって、前の俺は死んだのと同じだよ」

ひと息にまくしたてた亜耶に、蒼星はなだめるように肯いた。

「わかっているよ。つらかったよね、ごめん」

「機嫌取るみたいに謝らないでよ。そんなのより、」

ぎゅっと力を込めて蒼星の瞳を見返す。

「そんなのより、記憶を戻してよ。できるだろ？　俺は——、俺は、思い出したいよ」

自由になれれば、過去なんてなくても幸せになれると考えていた。でも今は、このまま館を去って大海原の先まで行ったとしても、後悔するだろう、と思う。あたたかくて幸せだった蒼星との日々も、父のことも、自分のものとして取り戻さなければ、ふとした夜に必ず悔やむ。

蒼星は傷ついたように目を伏せた。

「戻せないよ」

「戻せないって……できない、ってこと？」

「できるけど、できない」

繰り返して、蒼星は亜耶を見ないまま微笑んだ。

「記憶をなくすのも死ぬのと同じだって言ったね。そのとおりだと思う。——私は亜耶に、生まれ直してほしかったんだ」

蒼星は亜耶へと顔を近づけた。額の印の上に、そうっと唇が触れてくる。

「私のことを思い出したりしなくても、亜耶はちゃんと幸せになれるよ」

じんと染みる熱と唇のやわらかさを感じ、亜耶は目を閉じた。寂しい、というよりやるせない。

（蒼星は、勝手だ）

彼の愛情は疑う余地がないのに、きっと亜耶の考える愛情とは違うのだ。亜耶は慈しまれていたのなら、そのまま幸福に包まれて生きてきたかった。でも蒼星は、忘れてほしかったのだ。

忘れて、別の人間になって、改めて妻に迎えたかったのかもしれない。それが蒼星の考える、亜耶の「幸せ」だから。そうして、「なんでもしてあげたい」と言いながら、記憶は戻したくない、と拒む。

「もうひとつ、聞いてもいい？」

「なぁに？」

「額の……蒼星の印は、消せるの？」

「もちろん、消せるよ」

朗らかな口調で、蒼星は呆気なく言ってくれる。手を背中に回して抱きしめる仕草は、どこまでも思いやりに満ちていた。

「いつでも消してあげられるし、痛くもないから安心して」

「――ありがとう」

印は亜耶にとって、一番の重荷だった。印のせいでなにもかもを決められた人生で、これさえなければ、と何度思ったかしれない。だが、その印も、蒼星にとっては、とるに足りない、いつでも、どうとでもなるものでしかないのだ。

大人になった亜耶が蒼星の願ったような別の人間ではないと気づいたら、蒼星はあっさり印を消すのだろう。寂しいよ、と言いながら、それでも消すのだろう。もしかしたら、今こうして触れあっている記憶ごと。

安心とは程遠い、ひんやりした心地で抱きしめられ、それはいやだ、と亜耶は思う。二度も記憶を失うのはいやだ。前の記憶だって諦めきれないのに、忘れたくない。

蒼星の微笑みも少し困った顔も、あまい紫色の瞳も、あたたかさも匂いも。ルプの毛並み、ウルスのやわらかい声、ククとモモの心なごむ仕草。鍋の湯気、月餅やおはぎやクッキーの味、川の冷たさも、木肌に残る銀色の血の跡も、茱萸の味も。

次に記憶を消されたら、全部なかったことになるのだと思うと、すうっと手足が冷たくなって、亜耶はほとんど無意識のうちに、蒼星の背中に手を回した。

――いやだ。

文月《ふみづき》に入ると、森の中でも昼間はぐっと気温が高くなった。掃除をするだけで汗をかくから、陽差しの下で畑仕事をすればなおさらだった。

ほどよい大きさに育った胡瓜《きゅうり》を竹籠に入れ、亜耶は額を拭った。触れてもわからない印の部分を、無意識に押さえる。

七日で出ていってやる、と意気込んでいたふた月前が遠い。現実には出ていくどころか、印を消されないようにしなければ、と考えているなんて、社の前に立った日には想像もできなかった。

「……印は、消えたらいいなとは、思うけどさ」

これがある限り、蒼星から離れて森を出ることはできない。かつてのように遠くに行きたいという気持ちはすでになかったが、港町や海は見たかったなと思う。ずっと心の支えにしてきたから、ひと目見てみたいのだ。

けれど今は、遠くに行けないことよりも、放り出されることが怖い。

「消されないですむ方法って、やっぱり……嫁入り、だよなぁ」

独り言が零れるのは、蒼星の見回りの日で、畑が無人だからだ。それでも、続く言葉はとても音にはできなかった。

(なんで、口づけのひとつも、しないいんだろう)

夫婦として契るどころか、いい仲らしい触れあいのひとつもないままなのが、ずっとひっかかっている。

どうしてもしてほしいわけじゃない。けれど、ほかに愛情を推し量る方法を、亜耶は知らなかった。だから不安なのだ。

もしかしたら、亜耶が「大事にされている」と感じるほどは、蒼星は自分を好きではないのかもしれない。印も記憶も消さずに館に置いてくれているのは、気まぐれか、哀れみの気持ちからで、いずれは放り出すつもりなのではないか。

(……そりゃ、俺がお嫁さんとしての魅力がないのは、わかってるけどさ)

自分でだって、蒼星の妻という立ち位置がしっくりこないくらいだ。子供みたいだ、と亜耶が思うのだから、幼い頃を知っている蒼星にとっては余計だろう。むしろ、子供のように愛しく思ってもらえていればいいほうだ。

自分が蒼星の望んだような人間だとはとても思えないから、いつ見限られてもおかしくはない。彼が「生まれ直してほしかった」と言ったのは、他人を騙すような人間ではないだろう。

復讐だとか騙すだとか、そういう気持ちはとうにないけれど、森に入ったときはたしかに、どんなことでもするつもりだった。蒼星がそれを知ったら、きっと幻滅するに違いなかった。

いつまでも子供のままではいられない。大人の亜耶がここに置いてもらって、いてもいいのだ、と安心するには、妻として迎えられるのが一番だ、と思うのだけれど。

「なーんにもしないってことは、その気がないってことだもんな」

ふう、とため息をついて畑を見回す。朝から頑張って草むしりをしたのでさっぱりしていて、葱《ねぎ》も芋も順調に育っている。伸び放題の紫蘇もだいぶ摘んだし、蜀黍《もろこし》の実は大きく膨らんで、もう食べれそうだった。ここの作物は、村よりも少し早く実るのだ。主さまの住まいだからだろうか。

あれこれ手をかければそれだけ成果があるから、畑仕事は楽しい。雨の日に蒼星に読めない文字を教えてもらうのも、繕い物を手伝うのも面白い。亜耶が一番好きなのは料理で、先日は梅を収穫して、半分は氷砂糖に、残りは塩で漬け、赤紫蘇を加えて梅雨明けを待ち三日天日に干した。村では食べたことのない料理を蒼星はたくさん知っていて、手際よくできあがっていくのを見るのもわくわくする。

だから、ここで暮らしてもいい、と亜耶は思う。

思っていたより悪くないし、蒼星はいいやつだし、動物たちは好きだ。

けれど、妻にもなれず、愛されている保証もないままでは、亜耶はいつまでも蒼星の気持ちや考えを気にしないといけなくなる。嫌われないか、飽きられないか、怒らせたりはしないかと、びくびくしながら窺《うかが》って暮らすのは、閉じ込められて暮らすのとどう違うだろう。

それに、長い時間——たとえば十年とか、二十年とか、一緒に暮らしたあとで放り出されたら、喪失感はより大きいに違いない。思い出せない時間が長い分だけ、いっそう寄る辺なくつらいだろう。だったらいっそ、すぐ出ていったほうが傷は少ない。

だがそうしたら、蒼星とは離ればなれだ。出ていくときに蒼星が記憶を残してくれるとは思えない。また消されて、楽しくて満ち足りた生活のすべてが、亜耶の中からなくなってしまう。我慢して、不自由だと思いながらもここで暮らすか、全部消えても出ていくか。

どちらかに覚悟を決められない自分が軟弱に思えて、亜耶は天を仰いだ。雲ひとつない晴天だ。蜀黍の穂先が黄金色に揺れていて、亜耶はもう一度ため息をついた。

とりあえず、蜀黍をもいで、茹《ゆ》でよう。帰ってきた蒼星たちに食べてもらうのだ。踵を上げて手を伸ばし、高い位置にある実を摑む。五つもいだところで、後ろからのんびりした声がかかった。

「亜耶さま、おつかれさまなのです。冷やしたお茶をお持ちしましたのです」

「暑いところでずうっと働くのは、よくないのです」

「ありがと。喉渇《かわ》いてたから助かる」

お盆に大きな湯呑みを載せた栗鼠たちだ。亜耶は休憩用の小さな椅子を木陰に引っ張っていって、着物から腕を抜いた。上半身裸になって冷たいお茶を飲む。ほてった喉が冷やされるのが気持ちよかった。汗で湿った肌は、風が冷ましてくれる。

ふう、と息をつく亜耶に、ククとモモは大きな尻尾を振った。

「亜耶さまがいらしてくれたので、今年の夏はいい夏なのです」

つぶらな瞳が嬉しげに輝いていて、亜耶は首をかしげた。

「そうなの？」

「はいです。主さまが楽しそうなのです」

「毎日ごきげんなのです」

ね、とククたちは肯きあう。

「あんなににこにこされる主さまは、見たことがなかったのです」

「嬉しいので、わたしたちもお赤飯を炊きたいのです」

「お赤飯ってお祝い事のときだろ。俺が来たときも炊いてくれたけど……」

「ですから、次はお二人が結ばれたときなのです」

二匹は真面目な顔をして互いに肯きあった。

「亜耶さまにお尋ねしたいのです」

「どうして、蒼星さまと交尾しないのですか、なのです」

交尾って、と亜耶は赤くなった。

「そ、そんなこと聞かれても困るよ」

「でも、ご主人さまがたの大事なことなのです」

「蒼星さまのことがお嫌いなのです?」

同じ仕草で見上げられ、亜耶はそっと視線を泳がせた。

「き……嫌いじゃ、ないけど」

「でしたら、ご予定をお聞きしたいのです」

「…………ご予定と言われても。そういうのは、蒼星の気持ちだってあるわけだし……」

「主さまなら、亜耶さまのこと大好きだと思うのです」

「でも、俺が誘っても断るのはあっちだぞ」

蒼星は相変わらず、夫婦の寝室には来ない。雨の夜に一緒に寝たことは二度ほどあるけれど、いつも書斎の寝台でだった。

俺のせいじゃない、と亜耶は横目で栗鼠たちを見る。二匹は揃って首を左右に振った。

「最近はお誘いしてないのです」

「接吻のおねだりもしてないのです」

「そういうの見るなよ、お節介だな」

ぼやいて、亜耶はうなじを撫でた。恥ずかしい。蒼星に惚れたわけでもないのに、こんなことを気に病んでいるなんて、我ながらおかしい。でも。

「あ……あのさ」

「はい？」

「……今誘ったら、蒼星、してくれる、と思う？」

ククとモモはきょとんと目を丸くした。

「――おやぁ」

「亜耶さま、してくれないと思って、お誘いしなかったのです？」

「い、いや、そういうわけじゃ……そもそも、花嫁の印なんかつけたのは蒼星のほうだし」

「あ、なるほど。蒼星さまからお誘いしてほしいのです？」

「わたしたちから蒼星さまにお願いして、誘ってもらってもいいのです」

「や、いいから、そういうのは。やめて」

慌てて手を振って、亜耶はどんどん熱くなってくる顔を覆った。

「とにかく、そういうのは、しばらくはないから」

そう言うと、ククとモモは残念そうに俯いた。

「もったいないのです……」

「待ち遠しいのです……」

「お赤飯が……」

「食べたいのです……」

「おまえら、もしかして赤飯食いたいだけとかじゃないよな」

可愛らしく手をにぎりあった栗鼠たちを呆れて睨むと、彼らの大きな耳がぴくりと動いた。蒼星さま、と呟くのにわずかに遅れて、ウルスがやってくる。その後ろから、ルプと蒼星も現れた。

間の悪い帰宅だ、と責めたくなった。変な話をしていたせいか、蒼星の顔がまともに見られない。

それでも亜耶は立ち上がって蒼星を出迎えた。

「おかえり。……その、えっと、蜀黍を収穫したから、茹でようと思ってたんだ。食べる?」

「あ、亜耶!」

近づいた亜耶を、蒼星はなぜか手を突き出して制止した。

「来ちゃだめだ! きみは、なんて格好を……」

「格好?」

腕を上げてみて、亜耶は自分が上半身裸なのを思い出した。

「ああ、暑かったんだ」

「暑かったら畑に出ないで、涼しいところでのんびりしてればいいんだよ。とにかく、人前で脱いだりしちゃだめ。早く着て」

「人前って、ククたちしかいなかったよ」

「だから、ククたちは見たでしょ、もう……ほら、早く」

蒼星は耳を赤くし、顔を背けながら亜耶の背後に回った。落ちた着物を持ち上げて、羽織らせてくる。

「帯も緩んでる。はだけて丸見えになったらどうするの」

「……腰巻つけてるけど」

「腰巻が見えるなんて、大変だよ！」

亜耶としては、動物は見られるうちに入らないと思うし、正直人間に見られたってどうということはない。行儀は悪いかもしれないが、夏の畑仕事のときは村人たちだって半裸だったから、普通のことだと思う。だが、前に回って帯を結び直しはじめた蒼星はうろたえた表情のままで、それを見ると亜耶も落ち着かない心地になった。

（……なんだよ。普段、全然、その気もなさそうなくせに）

必要以上にきっちりと前をあわせて着せ直した蒼星は、ほっとしたように一歩離れる。

「これでいいよ。亜耶は魅力的なんだから、無防備にならないでね」

「——」

「暑かったら居間に行って休もう。扇いであげる」

おいで、と手を引かれる。モモたちが期待に満ちた顔でこっそり手を振って見送っているのに気づいて、亜耶は胸に手を当てた。鼓動は速く、夏の陽差しのせいではなく、ぼうっと熱がこもっている。にぎられた手の皮膚の感触がいつになく生々しくて、おかしな気分だった。

決して、断じて、夫婦の営みを蒼星としたい、ということではないけれど。

ただちょっと、信じる理由がほしいだけだけれど。

（さ……誘って、みる、か？）

涼しい風の通る居間で椅子に座らされると、蒼星は本当に団扇を持ってきた。

「背中、汗かいてない？　着物をぱたぱたしようか」

亜耶のもやもやした気持ちをよそに、蒼星は相変わらず幼子のように亜耶を扱ってくる。

「具合悪くしてない？」

「なんともないよ」

緊張にごくりと喉を鳴らし、衿《えり》の後ろを持って中に風を入れてくる蒼星を見上げる。ククたちに言われたから、というわけではないが、悩んで時間を無駄にするのは好きじゃない。怯えても不安がっても、聞かないことには前に進まないのだ。

「魅力的とか、裸になるなとか言うわりに、蒼星ってなにもしないよね」

「……亜耶、どうしたの、急に」

「急にじゃない。ずっと気になってたから。この印」

前髪をかき上げて、額を見せる。

「花嫁の印って聞いたけど、本当は違うんじゃない？　好きとか大事とか言うけど、娶《めと》りたいとは思ってないんだろ」

蒼星は困ったように黙り込むと、隣に椅子を引いてきて座り、そっと手を重ねた。

「印は、私のものだと示すものだから、花嫁の印で間違ってはいないよ」

「――じゃあ」

「でも、亜耶は私と契りたいとは思っていないだろう？　無理して身体を差し出すような真似はしなくていいんだよ」

なだめるような微笑みに、亜耶はむっとした。

「優しいふりとか、いらないんだけど。嫁にする気がないなら、さっさと言ったら後戻りできない、という思いが胸を掠めた。けれど、この状態で何か月も、何年も過ごすことは、亜耶には受け入れられなかった。

「……さっさと印を消して、俺を放り出してよ。でなかったら、今すぐ夫婦らしいことするか、どっちかだよ」

「どっちか、なんだね」

痛むように、せつないように、蒼星は眉根を寄せた。

「わかってたよ。一度は逃げ出そうとしたくらいだ。亜耶はずっと、遠くに行きたいと思っていたんだもんね」

「――どうして、それ」

驚いて、亜耶は目を見ひらいた。逃げ出そうとしたのは見られていたとして、遠くに行きたいと思っていたのを、打ち明けたことはない。

蒼星は静かに亜耶の手を撫でた。

「亜耶が小さかったとき、聞いたよ。きみのお父さんは、船乗りと一緒に旅をしたこともある人だったみたい。天国みたいに美しくて、誰でも幸せになれる場所で、父さんが行きたがってた場所だから、亜耶も行きたいって言ってた」

「そ——う、なんだ」

知らなかった。焦がれるように遠くに行きたいと願っていたのは、覚えてもいない父親の影響だったのか。

「だから私の印が、亜耶にとってはわずらわしい枷《かせ》だというのは承知していたんだ。でも、ただ森から村に返したら、気味悪がられて追い出されてしまうから、印をつけないわけにはいかなかった。主の印があれば、殺されるとか、暴力をふるわれる心配はないからね。そばにいてあげられないぶん、大人になるまで、きみを守るものが必要だったんだよ」

よかれと思ってのことだったのは、前も聞いた。なのにどうしてか、今日のほうが、蒼星の言葉は虚《むな》しく響いた。

(そんなに案じてくれたなら——それこそ、手元に置いておけばよかったのに)

ふいに脳裏に背中が浮かんだ。墨色の着物を着た背中だ。窓に面した文机《ふみづくえ》に向かった誰かの背中を亜耶は見ていて、黙っている。振り返ってほしかったが、仮に頼んでも、彼が自分を見ることはないと、亜耶は知っていた。

浮かんだ光景は諦めと寂しさを同時に呼び起こしてすぐに消え、亜耶は膝の上の蒼星の手を見た。あれは蒼星だろうか。それとも、父親の背中だろうか。どちらにしても、亜耶がほしいものを、彼らはくれないのだ。おまえのためだと言いながら、抱きしめてはくれない。

「だったらもう、印は消して、自由にしてくれてもいいだろ」

掠れた声を押し出しながら、祈るような気持ちだった。だめだよ、と言ってほしかった。きつく抱き寄せて、無理をするなと諭すときのようにやわらかく、でもきっぱりと。

きみには、私のそばにいてほしいんだ。

「もちろんだよ。でも、あとひと月だけ、待ってくれない？」

「――ひと月？」

ばん、と殴られたような気がして、蒼星を見返した。自分でも予想しないほどの衝撃だった。

もちろんだと言った蒼星は、愛おしむ瞳で微笑みかけてくる。

「きみに見せたいものがあるんだ。だから、あとひと月、ここにいてほしい。そこまで待ってくれたら、印を消して、きみを自由にしてあげる」

「……自由」

「うんと遠くにだって行けるよ。海の向こうに行く夢も叶えられるから、いいでしょう？」

自由だと、どこにでも行けると言われても、心はなぜか浮き立たなかった。むしろ、しゅんと萎れたように、がっかりしていた。海も船も大きな街も、異国も見たくない。覚えていない父親のせいで抱いていた夢なら――捨てたっていいのに。

（なんであんたは、俺が一番言ってほしいことは言ってくれないの。好きだって、言うくせに）

蒼星はにっこり微笑む。

「それから、安心して。亜耶のことはもちろん、この世の誰より大好きだよ」

「……蒼星」

「不安なら、これだけしておこうね」

大きな手が頬に添えられた。整った顔が近づき、どきりとしたときにはもう、唇が重なっていた。

「……、」

肌が粟立《あわだ》つような感触が走り抜け、亜耶は震えてまぶたを閉じた。蒼星の唇は弾力があって、ぬるく、どちらかといえばひんやりして感じられる。真ん中は少し濡れていて、ぬめるそこが触れあった途端、背筋がぞくりとした。

「っ、ん、」

ごく短く呻《うめ》くと、唇は離れていく。いつのまにかとめていた息を吐き出して、亜耶は目を開けた。蒼星の紫の瞳と視線があっても、つかえたように声が出ない。黙って見つめると、蒼星は頭を撫でてくれた。

「口づけだけでそんなに呆然とするようじゃ、睦《むつ》みあうのはとても無理だね」

「ぼ、呆然となんかしてない。ちょっと、びっくりしただけだ」

急いで言い返したけれど、腹の底がふわふわして心許なかった。身体が浮いてしまいそうだ。唇にはまだ感触が残っていて、もう一度、と思う。

もう一度触れたら、どんな感じがするんだろう。

平静とは程遠い亜耶をよそに、蒼星はなにごともなかったように立ち上がった。

「私は着替えてくるよ。あとは書斎で仕事をするから、亜耶はルプたちとのんびりしておいで」

「あ……うん」

仕事と言われると引きとめられない。出ていく彼を見送って、亜耶は大きくため息をついた。

接吻した。唇と唇をくっつけて、ときには舌を入れたり吸ったりもすると知識では知っていても、されてみるとだいぶ違う。やわらかくて、濡れていた、あの感じ。

（……気持ちよかった）

指で押さえてみたくなるのをこらえて、額に触れる。そこにあるはずの印を幾度も撫でながら、亜耶はもういない蒼星の姿を探すように廊下を見やった。快晴のおかげで庭が眩《まぶ》しい。いつもの、静かで穏やかな光景だ。

「――蒼星、平気な顔してた」

亜耶には初めてで、驚くくらい気持ちがよかった接吻も、蒼星には当たり前の行為のようだった。不安ならしてあげる、などと言ってできる程度の。だったらもっと前にしてくれたってよかったとも思うが、つまり、しようがしまいが、蒼星にとっては大差ないのかもしれない。

「ほんと、あいつのことよくわかんないや……」

まるで最初から決めたみたいに、彼は言った。あとひと月、と。

ひと月経てば印を消して、この森から自由にしてやると、印は主のものだという証と言った同じ口で。

ということは、と悟らざるをえなかった。

亜耶を苦しめた印は、どうしても亜耶を好きだったからではないのだ。いずれ自分のものにしたいからではなく、父を失った哀れな子供が大人になるまで生きていけるようにするための、施しのようなものだったのだろう。この世の誰より大好き、と言うわりに、手放してもかまわないのだから、主というのは――神というのは、不可解だ。

でもこれで希望どおりだ、と亜耶は思おうとした。自由になれる。遠くに行ける。自分で選んだ人と仲間になって、好きな人もできて、家族だって作れて、幸せになれる。離れなくていい、呼ぶのをためらわなくていい人と、ずっと寄り添って暮らしていける。

無駄な回り道をしたけれど、望んだ生活がひと月後には手に入るのだ。

よかった、と満足しようとして、亜耶はうずくまるように背を丸めた。

(やっぱり蒼星は、俺のことなんてたいして好きじゃないんだ)

悲しかった。たとえなにがあっても亜耶を選んでくれる、ということではなかったのだ。無条件に愛してくれているだとか、甘やかしてくれているとかは亜耶の思い込みで、気に入っていた、というだけの、ルプやウルスにもなれないくらいの存在だった。

蒼星が亜耶を愛していないのなら、この世で亜耶を愛する者は誰もいない。

たったひとり、どんなときでも自分を大切にしていたはずの神さまでさえ愛してくれないなら——この先、どんな遠くに行ったとして、そこで出会えるのだろうか。

自分を特別に愛してくれる人なんて、探してもいないのではないか。

亜耶は口づけられた唇を、強く嚙みしめた。


ちょっとでもいいから好いてほしい、なんて考えるのは弱い人間のすることだと亜耶は思う。弱いのはいやだ。人の機嫌を窺い、相手の言いなりになるような不自由さは、二度といらない。

蒼星の愛情が思っていたようなものでないのなら、もう気にすまいと決めて日々を過ごし、距離はできるだけ置いた。相変わらずあれこれとかまいたがる蒼星は寂しそうだったが、向こうが言い出したのだからと、亜耶は絶対に折れなかった。

当然、館の中にはぎこちない空気が流れて、ウルスたちも居心地が悪そうだった。

そうして二十日ほどが過ぎたある日の夕暮れ、蒼星が遠慮がちに声をかけてきた。

「今夜、少しつきあってくれる？　見せたいものがあるんだ」

「——今は見られないの？」

「そう。ひと月待っててお願いしたのは、あのときは見られなかったからなんだ」

「……わかった」

見たくない、と本当は言いたかった。けれど見たくない理由が、見れば終わりになるからだと気づいていたから、亜耶は笑ってみせた。

「なんだろう。楽しみ」

見れば終わる。終われば自由だから、見たいし、楽しみで当然なのだ。

久しぶりに笑顔を見せた亜耶に、蒼星は眩しげな表情をして肯いた。

「私も楽しみだよ。天気がよくてよかった。浴衣を用意しているから、お風呂に入ったらそれを着てね」

「うん」

天気がよくてよかった、と言うからには外に出かけるのかもしれなかった。夜に出かけるのは初めてで、少しどきどきした。

いつもどおりの食事を終え、焚いてもらった風呂に入る。蒼星が出してくれた浴衣は、夏らしい涼しげな藍色《あいいろ》だった。それを着て廊下に出ると、蒼星も同じ色の浴衣を着ていて、こっち、と手招きする。手にはごく小さな、橙色《だいだいいろ》の提灯《ちょうちん》を持っていた。

「暗いから、気をつけてね」

「どこに行くの？」

「すぐそこだよ。北の裏庭の先だ」

畑から屋敷の裏へと進み、亜耶の部屋から見える綺麗な庭に出ると、蒼星は木立の中に入った。蒼星の持つ提灯以外は真っ暗で、亜耶は足が竦みかけた。

「もうすぐだよ。手をつなごう」

蒼星はしっかり手をにぎって、亜耶の一歩先に立ち、迷いなく木々のあいだをすり抜ける。こわごわ進むと、ほどなく蒼星が足をとめた。

「着いたよ。見える？」

彼が横にどくのと同時に、ふわりと横切る淡い光が見えた。わずかに緑色を帯びた、はかない光だ。ひとつ揺らめいて消えると、その先にまたひとつ、ふたつ、と光が浮かぶ。

「——蛍《ほたる》だ」

目を凝らすと、行く手には月明かりを受けてほのかに輝く池がある。蛍たちはその池の周囲から飛び立って、光っているのだった。

光っては消え、消えてはまた光る。鼓動のように明滅しながら、黄緑色の丸い光があちこちでゆるやかに踊る。水面は神秘的な暗い蒼《あお》を帯びて、息をするのも惜しいような静かさだった。

見上げれば満天の星空。繊細なきらめきが降る中を、蛍たちが舞う。

「前は、蛍を見せてあげられなかったんだ」

囁くような音量で、蒼星が言った。

「きみを助けたのは春の終わりで、最初の夏はずっと夜を怖がっていて、外に出るなんてとてもできなくてね。綺麗だから、来年は見せてあげようって思っていたけど——夏がはじまる前に、村に戻したから」

「……」

「だからずっと、きみと見たいと思っていた」

寂しく聞こえる蒼星の声に、喉が締めつけられるようだった。胸も、背中もきゅうきゅうと痛い。莫迦。どうしてそんな、愛情が溢れているみたいな言い方をするんだ。

これを見たら亜耶を出ていかせるつもりのくせに。

「どう？　気に入ってくれた？」

振り返った蒼星は淡く微笑んでいて、亜耶は咄嗟に顔を背けた。

「蛍なら、村でも見たことある」

「うん、知ってるよ」

蒼星は当然のように肯いた。

「亜耶、村の子供たちが蛍狩りに行くの、羨《うらや》ましそうにしていたでしょう。窓からひとりで蛍を見るのは寂しそうだったから、それもあって、来てくれたら一緒に蛍を見ようって思ってたんだよ」

優しすぎる声が深く亜耶を射抜くようだった。寂しそうだったから、なんて言えるほど見守っていて、一緒に見たいと何年も待っていてくれたのに、どうして。

「——俺が、ここにいると迷惑？」

弱くて惨めで不自由な生き物にはなりたくない。それでも、聞かずにいられなかった。

「好きって言っても、印は消したい？　出ていくときは、記憶も消すの？　あんたのこと、覚えてると困る?」

「……ああ、亜耶」

かがんで、蒼星が顔を覗き込んだ。

「寂しがってくれるの? 優しいね、亜耶は」

「優しくない。好きだって言うなら――」

言いかけて、亜耶ははっとして一度俯いた。どうして今まで気づかなかったんだろう。印は蒼星のものだという意味で、だから遠くには行けないのだ。だったら。

「ねえ、港町、一緒に行けばいいじゃん。たしかに俺は海とか行ってみたいけど、絶対ひとりで行きたいってことじゃないよ。印がついてても、蒼星が一緒なら平気だよね?」

すがるように見上げると、蒼星は困ったように眉根を寄せた。

「それは無理だよ。私は森を離れられない」

「――だって、村にも様子を見に来たし、ほら、月餅だって。港町には売ってるって、知ってるのは行ったことがあるからじゃないの」

「村は森のすぐ外だから、遠目に見るくらいならできただけだよ。港町のことは――ただの知識だ。主、というのはね、亜耶。川を守っていようと、山を守っていようと、土地のものだから、離れることはできないんだ」

「……そうだったんだ」

いい方法だと勢い込んだ分、がっかりした。額に触れる亜耶の肩を、蒼星がそっと抱いた。

「嬉しいな、私と離れるのを寂しがってくれるなんて。少しは好きになってもらえたんだね」

そんなことない、と強がりたかったが、今さらだった。亜耶は諦めて肯いた。

「だって蒼星、優しいから。……そ、それにウルスたちもいいやつだし。毎日賑やかで楽しいし」

「楽しく過ごしてもらえてよかった。だったら――って言うのも変な言い方だけど、もし私のことが少しでも好きなら、私のかわりに、亜耶には好きなところを見てきてほしいんだ」

「え？」

どきっとして見上げると、蒼星は安心させるように優しい笑い方をした。

「船に乗って、違う国に行ってもいい。満喫して、幸せに暮らして、それを教えてくれたら、私も嬉しい」

とく、とく、と心臓が鳴りはじめて、亜耶は「それって」と呟いた。

「嬉しいって……蒼星も、本当は行きたいの？」

「行きたいけど、無理だからね。亜耶にお願いするしかないでしょう？」

「じゃあ、印を消してもいいって、俺のこといらないわけじゃなくて、出かけてほしいって意味？」

期待でどきどきする。ぬか喜びにならないよう、念押しで問いはしたものの、蒼星の顔を見れば返事はわかっていた。

「亜耶をいらないなんて、私が一度でも言った？」

「そりゃ、ないけどさ。……なんだ」

強張っていた身体の芯から力が抜けた気がして、蒼星の浴衣を摑む。広い胸に顔をつけ、なんだよもう、と繰り返した。

「そういうことなら、早く言ってくれればよかったのに」

「亜耶が勘違いしてるなんて思わなくて。でも、いつでも印は消せるけど、ひと月待っててってお願いしてから、拗ねてるみたいだったから」

「拗ねてない」

背中に回された手が心地よい。亜耶は小さく、よかった、と呟いた。

嫌われたわけでも、もともと好かれていなかったわけでもないのだ。それどころか、亜耶が思っている以上に大切にしてくれているからこそ、印を消す、と言ってくれたのだろう。

「俺に、見てきてほしかったんだ？」

「……うん」

「だったら、行ってくるよ」

すがすがしい気持ちで、そう言えた。

「楽しみにしててよ。出かけたら、いろいろ見て、いっぱいお土産買ってくる」

「ありがとう」

ぐりぐり顔を押しつけると蒼星の匂いがする。吸い込んでも離れがたくて抱きついていると、頭を包むように撫でられた。

「印がなくても安全に森を出られるように手配してある。明日か明後日には行けるからね」

「そんなにすぐ？」

「せっかくだもの。早く行けばそれだけ、たくさんの場所に行く機会もできるんだよ」

ゆっくり髪を梳く蒼星の指を感じながら、それもそうか、と思った。記憶も失わず、帰ってこられるなら、いつ出かけても亜耶はかまわない。

でも、と蒼星は静かに切り出した。

「ちょっとだけ寂しいから、今夜は一緒に寝てもいい？」

「寂しいんだ？」

笑って、亜耶は蒼星を見上げた。彼は本当にせつなげな目をしていて、見るとじんわり胸が痺れた。

蒼星はまっすぐだ。それに、やっぱりちょっと莫迦だと思う。

（俺だって、全然、蒼星のこと嫌いじゃないのにさ）

遠慮がちにしないで、堂々と頼めばいいのに、主さまなのに、控えめがすぎる。でも、亜耶は蒼星の、そういう性格も好ましかった。

「いいよ、一緒に寝ようよ。せっかくだから、夫婦っぽく契っておいてもいいよ」

抱かれるくらいなんてことない。もともとそのつもりで来たのだし、今は憎くもなく、欺く必要もない蒼星相手なら、悪くない気持ちでできそうだった。

蒼星は少し困ったように視線を泳がせ、それから意を決したように見下ろしてくる。

「契ることはできないよ」

「――なんで？」

また変な遠慮かよ、と眉根を寄せた亜耶に、蒼星は意外なことを言った。

「印を消しても、肉体の繋がりが濃いと縁《えにし》ができてしまうから」

「えにし？」

「人間でないものの匂いだとか、気配だとか――雰囲気とか。そういうものが染みついてしまうんだ。人間だって動物だから、異質なものには敏感にできてる。こいつは違うと思われると、うまく交わることができなくて、厄介事に巻き込まれたりするんだよ。村にいるあいだは、印のせいで、みんな亜耶を特別扱いしたでしょう？　契ってしまうと、どこに行っても、ああいうふうに、目立ってしまうよ」

言われてみると、ああ、と納得できた。記憶を消されても、知識が残っていたのと同じことだろう。身体に染みついたものやまとう空気というのは、言葉や表情以上に伝わるものがある。亜耶にとっては、村人たちが遠く感じられたように。

「土地によっては、自分たちとは違うと感じる相手につらく当たるようなところもある。だから、縁はできるだけ薄いほうがいいんだよ。一年だけ一緒に暮らしてきみを村に返したのも、縁ができないようにするためだ。長く暮らせばそれだけ、きみは人から遠ざかって、どこに行っても人と交われなくなってしまうから」

「そうだったんだ……」

せっかく出かけても、敬遠されるだけではつまらない。見たことのないものは興味深いだろうが、楽しさは半減するに違いなかった。

亜耶は納得しながら、それ以上に幸せだった。

「俺が困るだろうって、考えてくれたんだね。最初から……ずっと、大事にしててくれたんだ」

愛していて、案じていて、印をつけるほどなのになぜ村に返したのかと疑問だったけれど、それさえ蒼星の深い思いやりなのだとわかると、ふわふわ身体が浮きそうだった。

（俺……大事にされてる。俺が思うよりもっと、いっぱい愛されてるんだ）

じっと蒼星を見上げると、彼は身をかがめた。

「契ることはできないけど。――でも」

亜耶の前髪をかき上げ、印に唇を押し当てる。熱っぽい感覚が、そこから奥へと伝わった。

「契れないけれど、きみには触れたい。たった一度でもいいから……触らせてほしい」

小さくて、濡れた声だった。哀れっぽくさえ響くその口調に、亜耶は言葉につまる。触れたかったのか。懇願《こんがん》するほど、唇が震えるほどに。

そういえば、何回かそれっぽいことは言われたけれど、亜耶はどこかで本気にしていなかった。蒼星の愛情がどういう類《たぐ》いのものか、理解できない、と思っていたからだ。

でも、人と神でも、恋い願う心や愛する思いに、違いはないのかもしれない。蒼星が初めから、亜耶を自由にするために我慢していたなら――それなら、気持ちがわかる。

（蒼星って、そういう性格だもんな）

自分の欲望よりも、相手のことを思いすぎるのだろう。ようやく蒼星の本音を知れた気がして、亜耶は笑ってみせた。

「いいよ、もちろん」

断る理由はなかった。踵を上げて蒼星の首筋に腕を絡める。

「一度だけとか言わないで、出かけて、帰ってきてからも触りなよ。俺はべつに、全然いやじゃないからさ」

「――亜耶」

「接吻とか、悪くないかもって思ったし。こうやってくっついててもいやだとか、ぞっとするとかじゃないんだから……す、好きにしていいよ」

最後まで潔《いさぎよ》く言うつもりだったのに、照れて声が尻窄《しりすぼ》みになった。赤くなって視線を逸らし、亜耶はつけ加えた。

「奉仕してやってもいいよ。口でも、手でもできる。やり方、せっかく覚えてきたから」

「――奉仕の仕方なんて教わったの？　そんなこと、する必要ないのに」

蒼星は咎めるようにそう言って、ぎゅっと亜耶を抱きしめた。

「でも、ありがとう。……嬉しい。夢みたいだ」

「大袈裟だな。そんなに言うなら、もっと前に誘えばよかっただろ」

「できないよ。大事すぎて……本当は触るのだって、あんまりしないほうがいいのはわかってるんだ。でも、――どうしても」

首の後ろでくぐもる蒼星の声は泣き出しそうに聞こえた。亜耶は自分のほうが保護者になった気分で背中を叩いてやった。

「ちょっとのあいだ俺が出かけるのでも不安なんだろ。わかるから、いいよ。部屋に戻る？」

「……蛍、もう少し見なくていい？」

「綺麗だけど、来年も見られるからいいよ」

まぶたにはもう、美しい光の舞が残っている。また一緒に見られるなら、早めに切り上げても惜しくはなかった。蒼星越しに美しい星空と蛍を一瞥《いちべつ》し、彼の指を握って促してやる。

「行こ、蒼星」

「……ありがとう」

心から、というように嘆息まじりに蒼星は礼を言って、亜耶は奇妙に誇らしい気持ちになった。守られて世話を焼かれるだけじゃない。自分だって蒼星の役に立って、彼のできないことをして――慰めたり、安心させたり、してやれるのだ。

彼にとって自分が必要な存在なのだ、と思うと、感じたことのない充足感が、血に乗って全身をめぐるようだった。


普段ひとりで寝ている部屋に蒼星を招き入れた途端、膝裏を掬われて抱き上げられ、亜耶はそうっと寝台に下ろされた。

気恥ずかしく感じる余裕もなく、のしかかってきた蒼星に唇をふさがれる。

「……っ、ん、……ぅ、……っ」

ぞく、と背筋が震えた。前にされた接吻とは違う。思いのたけが溢れたかのように、乱暴ではないのに力強い。ぬるりと舌が唇をこじ開けて、亜耶はひくりと震えた。

「——ぅ、んっ」

「怖い？　亜耶」

舌を引き、蒼星が浅い息をついた。

「いやなら、やめるよ」

見下ろす目は、いつになく濃い色をしていた。重なった身体からは速い鼓動が伝わってくる。

見たこともない雄《おす》めいた表情に、欲しがっているのだ、とわかって、亜耶は喉を鳴らした。

「……いやなんて、ひと言も言ってないだろ」

本音を言えば少し怖い。ここに来るまではまぐわいは単なる皮膚や粘膜の接触だと考えるようにしていたし、一度口づけられたときは気持ちいいなと思えた。でも今は——喰われそうだ、と思う。触るだけだと蒼星は言ったが、それだけですむ気がしなかった。

(……べつに、それでもいい)

「ほら、もう一回してよ」

臆してしまったことを悟られないよう、亜耶は唇を突き出した。ついでに、衿を少しだけ開けてみせる。

「触るんだろ、俺のこと」

「亜耶」

遮る勢いで名前を呼び、蒼星が再び口づけた。今度は容赦なく舌がもぐり込み、亜耶は努力して口を開けた。

「……ッ、んー……っ」

思わずつぶってしまった目の奥がかっと燃えた。舌と舌が触れている。大きな蒼星の舌は器用に動いて亜耶の舌を舐めたかと思うと、上顎《うわあご》を奥までつうっと撫でた。味わったことのない、くすぐったさに似た感覚が喉奥へと響き、びく、と腰が浮いてしまう。遅れて身体の芯から熱くなって、目を閉じているのに目眩《めまい》がした。

(な、に……これ、……ぁ、……あ、)

口の中がぐちゅぐちゅに濡れている。じゅる、と唾液をすすり出す音が聞こえ、飲まれているのだとわかって肌が震えた。恥ずかしい。なのに。

「っ、ふ、……ぁ、んむ……ぅ、」

ぴちゃぴちゃと舐められると、たしかに気持ちよかった。唇の端から唾液がこぼれ、追うように尖った舌先で舐められるのも、下唇をくわえて引っ張られるのも、いい。

「は、……ん、……っ、く……ぅ、」

変な声が出そうで無理にこらえると、子犬みたいな音が出た。震えてしまった亜耶の顔を撫でた蒼星は、ちゅるりと舌を吸ってようやく口づけをやめた。帯を丁寧にほどき、浴衣をはだけてじっと見下ろしてくる。

「綺麗だよ、亜耶。乳首——唇と同じ色なんだね」

「……っ」

見られている場所が熱い。隠したくなるのを我慢して耐える亜耶の耳に、夢見るように幸福そうな声が甘く響く。

「おへそ、縦長で可愛いね。骨盤は小さいな……掴めそうだ。膝は桜色だね。足の爪も、薄くて綺麗だ。——あとは」

陶然《とうぜん》と囁いた蒼星が、股間に手を這わせてきて、亜耶はびくりとした。いつのまにか膝はしどけなくひらいている。腰巻ごしに触れられたそこは熱を持ち、硬くなって勃ちかけていた。蒼星は布ごと、亜耶のものを包み込んでくる。

「気持ちよくなってくれて嬉しい」

「あ……！　っ……ぅ、……ん、ん……っ」

「亜耶、唇を噛まないで。気持ちよかったら声を出していいんだよ」

「でも……、っは、……ぅ、……ま、待って、ん、ん、ぁっ」

くりくりと先端をいじられるのが、痛いほど強烈だった。亜耶が教わったやり方とは違う。幹をにぎってこすり、感じやすい先端は手のひらでこするといい、と言われたのに、蒼星は小さな穴をこじ開けるみたいに、指先を立てていじるのだ。

「見て、濡れてきたよ」

蒼星は嬉しそうに囁いた。見れば白い腰巻には、ぽつんと丸く染みができている。精を放ってしまう前触れの汁が、もう出てきてしまったのだ。

「亜耶は濡れやすいのかな。嬉しい」

「い……いつもは、こんな、早くない」

羞恥のあまりぶっきらぼうに言うと、蒼星はきゅっと眉を上げた。

「いつも？　誰かにされたの？　それとも自分で？」

「……怒ることないだろ。じ、自分でだよ。その……奉仕の練習もしなきゃいけないから、自分の身体で、気持ちいいところを覚えろって……」

「だったら、いやだけど、我慢するけど」

納得しきっていない表情で、蒼星は腰巻に手をかけた。

「誰も触れたことがないのは当たり前だよね。私の印がついてるんだもの。でも、もしかして、見られたの？　あの通ってきていた女性に、亜耶のここを？」

「……た、たまにだってば。二回か、三回だけ……っぁ、んっ」

逃げ出したいほど恥ずかしくて、亜耶は敷布をにぎりしめた。ぷるんと勃《た》ち上がったものが頼りなく揺れている。蒼星はそこに熱っぽい視線を注いだ。

「綺麗な色だ。嚢《ふくろ》も、いい大きさだね。毛が少なくて……でもちゃんと生えてて、肌が白いのが際立っていい」

「あんまり、じっと見るなよ……」

穴が開きそうなほど見つめられると、腹の中が落ち着かない。膝をすりあわせたいのを我慢してそれだけ頼んだのに、蒼星は「だめ」と言った。

「見せて、全部。触らせて。覚えさせて」

「……、ぁ、……っ」

太腿を撫で上げられて、声をあげたときにはもう、蒼星は顔を伏せていた。熱いほどの口内に分身が含み込まれ、ためらいなく吸いつかれる。

「蒼星……っ、それ……っ、ぁ、おれ、おれが、することだろ……っ」

「私がしてはいけない？」

たっぷり濡らした幹を愛しげに触れた蒼星は、唇で先端の膨らみを撫で回してくる。

「ここ、誰にも舐められたことはないでしょう？　味も覚えたいんだよ」

「あ、味って……ば、莫迦っ、んっ、ぁ、……ッ、ぁ、ンッ」

くちゅくちゅ転がすみたいに舐められると、身体のあちこちがひくついた。熱を帯びた痺れが性器に、下腹部に充満し、それが全身へと広がっていく。痒みにも鈍痛にも似た、放ちたくてたまらなくなる感覚。

「そ、ぅせ……っ、で、出ちゃ、あっ、出る、あ、……っねえ、出る……っ」

「いいよ、出して」

含んだまましゃべられて、響く快感に亜耶は腰を上げた。目の奥まで熱い。みっともない、と思うのにひくひく尻が動くのがとめられず、ささやかなくびれを締め上げて吸われればひとたまりもなかった。

「──ッ、ン、……っは、……ぁ、……ッ」

震えて吐精する様を、蒼星がじっくりと見ているのがわかる。彼は口を離さないまま亜耶が出し終えるのを見つめ、最後にごくりと飲み下した。亜耶は力なく蒼星の髪を引っ張った。

「ばか……なんで、飲む、んだよ……っ」

「だっておいしいもの。この世で一番のご褒美だ。亜耶が私に触られて気持ちよくなってくれた証だからね」

「……蒼星って、変態じゃないの……」

「違うよ。亜耶が好きなだけ」

うっとりと唇を舐めた蒼星は、「あとは」と言って膝裏に手をかける。力の入らない脚をゆっくり持ち上げられ、亜耶は余韻も抜けきらないまま震えた。おしめを替える赤ん坊のような体勢で、彼がどこを見ようとしているかはわかっていた。

「蒼星……っ」

「ああ、慎ましい孔《あな》だね。緊張して、力が入ってる」

「──ッ、あ、……ぁ、……ん……っ」

男が抱かれるにはそこを使うのは知っている。ほぐすのだと教えられて、やったこともある。細い

張り型を入れたこともあるのに、蒼星がそこに触れるのは、自分でするのとは比べものにならなかった。尻を両手で掴むようにして、蒼星は二つの親指で、窄まりの周囲に触れてきた。弾力を確かめるように押され、えも言われぬ圧迫感に背筋が痺れる。揉《も》み込み、左右に引っ張られれば襞が伸びて、孔のふちがすうすうした。

「内側は赤みが強いんだね。ここは桜色だけど、奥はきっと濃い色だね。……ひくひくしてる」

「……っ、な、中、なんか、見たって、気色悪いだけ……っぁ、ああ、あッ」

広げられて見られる、と怯えて身をよじった直後、ふっと吐息が孔を掠めた。続けてあたたかいものが窄まりを包み、一瞬、なにをされているかわからなかった。

見下ろすのと同時に、熱くて濡れたものが襞をかき分けた。

「なっ……ぁ、あっ、舐め、……そんなとこ、……ぁ、ああッ」

かあっと視界が赤く染まって、亜耶はのけ反った。信じられない。性器を舐められるのだってありえないと思ったのに、蒼星が、森の主が、孔まで舐めるだなんて。

「ここもとてもおいしいよ、亜耶」

うっとりと、蒼星は唾液で濡れた窄まりを指でなぞった。

「ちょっと広げるね。できるだけ奥まで舐めさせて」

「――っそんな、だ、……ぁ、……ひ、ぁ、あ……っ」

だめ、と言うのをためらったほんのわずかな隙に、再び口づけた蒼星が舌を押し込んだ。ぬうっと抵抗なく入った舌は信じられないほど奥まで届き、亜耶はぬめる異物に震えるしかなかった。熱い。それに、溶けてしまいそうだ。

苦しい。

うごめく舌は、何度も行き来した。くちゅくちゅ音をたてて浅い場所をかき回し、限界まで深く差し入れては、上下して内襞を刺激してくる。舐められた部分だけでなく、鳩尾《みぞおち》のあたりまでが疼いて、苦しい。

「ぁ……蒼星……っ、ん、ぁ、……は、……っ」

性器をしゃぶられるのよりもっと怖い。こんな感覚は知らない。けれど、いやだ、とは言いたくなかった。やめてほしくない。

「可愛い、亜耶。舌が気持ちいいんだね。わかる？　おちんちんから、蜜がたくさん垂れてる」

舌を抜き、指で孔を可愛がりながら、蒼星は幸せそうに言った。見れば、さっき達したばかりなのに、分身は反り返るほど反応し、雫《しずく》をこぼしていた。

「たくさん達きたいよね。こすってあげるから、出して」

蒼星は熱を帯びて輝く瞳で、今にも破裂しそうなそこを見つめた。愛おしそうに嚢に吸いつき、舌を這わせて再び体内へと挿入すると、左手を使って裏筋をこすり上げた。

「――っく、ぁ、……ッ、あ、あ、あ……っ」

ぬちゅ、ぬちゅ、と舌が押し込まれる動きにあわせて、性器の裏の縫い目をこすられる。きんと意識が痺れたようで、鋭い快感が腰まで響いた。普段の射精の前触れを何倍にも増幅した、襲いかかるような刺激に、亜耶はつかのま耐え、陥落した。

「――っ、……っ！」

さっきよりも大きく腰を振り、白濁を撒き散らす。達するあいだも蒼星は幹をこするのをやめず、絞り出すようにきゅっと締められて、亜耶は最後にびくんと痙攣《けいれん》し、雫をこぼした。

「二回目もたくさん出たね。嬉しいな……ありがとう」

ほっとした声を出した蒼星は、亜耶の胸まで飛んだ精液を舐めとった。うすく微笑みさえ浮かべた幸せそうな表情に、ため息が出る。

（蒼星……本当に、俺のこと、好きなんだ。こんな顔するくらい）

「──前から、聞きたかったんだけど」

名残惜《なごりお》しそうに濡れた脇腹を撫でてくる蒼星の角を、亜耶は見つめた。にぎってくれて嬉しいと日記に書いてあったのは覚えている。そっと触ってみると、蒼星が視線を上げた。いつも見上げる顔が、今は自分の腹のあたりにあって、見下ろす角度が新鮮だった。

「俺が、蒼星にあげたものってなに？　そんなに好きって言ってくれるくらい、すごいものだったんでしょ」

「亜耶がくれたのは、ものじゃないよ」

蒼星は身体を起こした。懐かしむように睫毛《まつげ》を伏せて胸を押さえる。

「亜耶はね、嬉しいって言ってくれたんだ。初めて食事をさせて着替えさせて、綺麗に洗って同じ寝床に入ったとき──あったかくて嬉しい、って」

「………それだけ？」

拍子抜けして、亜耶は呟いた。だってそんなの──子供が、安心して言っただけの、なんてことない言葉だ。

「亜耶にとっては『それだけ』でも、私にとっては宝物だよ。もちろん、私が魔物から助けたから、味方だと思って安心してくれただけなのはわかっていたけど、それでも嬉しかったんだ。角を見ても怯えないし、安心しきって腕の中で眠ってくれた。翌日も、その次の日も、私がいないと泣くくらいで、全身で懐いて……この子は私を信じてるんだって思ったら、初めて、主でよかったと思えたんだ。私なら、亜耶を守ってあげられる。命にかえても守ろうって決めたんだよ」

夢見るようにやわらかい蒼星の声に、心臓が痛んだ。幼な子が懐いたことが、蒼星にとっては忘れられない出来事だったのだ。

どれだけ寂しかったのだろう。亜耶を助ける前の蒼星は、あの淡々とした記録で亜耶が感じた以上に――孤独だったに違いない。長く生きる分だけ、その孤独が重かったとしても不思議ではない。

「でも、きみに恋をしたのはもっとあとだよ」

黙った亜耶を慈しむ眼差しで見つめて、蒼星は微笑んだ。

「村に返して、様子をときどき見に行っていたときにね。散歩に出たきみが、見張りの見ていない隙に、空を見たんだ」

「空を？」

「そう。それで、拳をにぎって、額と胸に手を当てて、指を組んだんだ。小さな声で祈るのも聞こえた。怪我をした梟《ふくろう》が、無事に飛べますようにって、祈ってた」

そんなことも、あったかもしれない。祈りの仕草はしょっちゅうしていた。晴れますように。明日はいやな花嫁修業がありませんように。遠くへ行けますように。船に乗れますように。猫が通りますように。誰でもいい、友達になりたい。生まれた子犬がいじめられませんように。そんなふうに、誰とも話せないかわりに、拳をにぎってはいろんなことを祈っていた。

「あの仕草はね、私が教えたものなんだ」

「本来は、あれは私を呼ぶための、簡単な儀式なんだよ。にぎった拳を額と胸に当てて、指を組んだら呼びかける。正式にはシルヴァヴァーナと唱えるんだけど、仕草だけでも大丈夫。どこにいても私には、祈った人間の声が聞こえる」

「……蒼星が？」

「てことは……も、もしかして、俺がほかにもいろいろ祈ってたのも、聞こえたの？」

覚えていないが、毎日のようにやっていた仕草だから、自分勝手なことを祈った日だってあるはずだ。いたたまれなくて赤くなった亜耶に、蒼星はすまなそうに首をかしげた。

「盗み聞きみたいになってごめんね。でも、きみは一度だって、私への恨み言だとか、村人への文句を言ったことはなかったよね。お社に祈る人間の中には、憎いやつを死なせてほしい、なんて言う人もいるのに、きみはなんて綺麗なんだろうって」

「た、たまたま……蒼星が聞いたときは、考えてなかっただけかも」

「あの儀式をしてくれれば、いつでも聞こえるから、聞き逃したことはないと思う。だって、記憶を消しても覚えていてくれるなんて思わなかったから、意識して聞いていたわけじゃないもの。……初めて聞こえたときは驚いて、泣いたよ」

「——泣いたの？」

「亜耶が、寂しい、会いたいって、言ってたから」

言われると、押し迫るような寂しさが蘇って、ぐっと喉がつまった。黴臭い淀んだ空気や石壁の感触まで思い出されて、ほとんど夢中で蒼星にしがみつく。

「……会いたかったよ」

蒼星に、会いたかったのだ。忘れてしまっていても。たぶんそのとき、亜耶もこの世で一番、蒼星が好きだった。

助けて、慈しんで、愛してくれた人。

「会いたかった――」

「私もだよ」

抱きしめ返す蒼星の声も、震えて聞こえた。

「ずっとやり直したかった。自分のしたことを後悔して――だから、これからは、亜耶にたくさんの幸せと喜びをあげたい。許してなんて言わないから、うんと、うんと幸せになって」

「莫迦」

身体を離せば、やっぱり蒼星は泣いていた。亜耶は泣くのは嫌いだけれど、蒼星を見るととても自然で、純粋なものに見える。美しい頬に伝う涙を、亜耶は唇で吸った。

「幸せだよ。一度もあんたを恨んだことがないとは言わないけど、もう全然平気。許してるし、助けてもらったんだもん、感謝してる。だから泣かないでよ」

「――亜耶」

蒼星の目からはさらに涙が溢れて、亜耶は笑ってもう一度口づけた。涙も人間と同じでしょっぱかった。

可愛いな、と亜耶は思う。照れずに別の言い方をするなら――亜耶はもう、蒼星が愛しい。

（なんかちょっと悔しいけど、でも、好き）

優しすぎるところも、主さまらしくないところも。自分を傷つけて日々森を守っているところも。

人と同じように孤独を感じ、涙を流すところも。好きだと言いながら我慢してしまう、不器用なところだって、好きだ。

主さまは人間ではないから理解できない、なんて考えていたけれど、蒼星なら信じられる。

そっと抱きつけば、ぴったりとおさまる感覚にほっとして、亜耶は初めて、帰ってきたのだ、と感じた。

遠回りしたけれど、いるべき場所に――この世で一番亜耶にふさわしい場所に、帰ってきたのだ。


抱きあって眠り、迎えた朝は晴れやかだった。いつにも増して豪華な朝餉を蒼星が用意してくれ、朝からこんなに食べられないよ、と言いつつ平らげて、促されるままに持っていく荷物をまとめた。

来客があったのは昼になる少し前だった。ちりん、と今まで館では聞いたことのなかった風鈴の音が聞こえたかと思うと、蒼星が「来た」と立ち上がった。

「おいで亜耶。紹介するよ」

彼について廊下を進み、館の出入り口に着くと、男がひとり立っていた。後ろに荷車を引いた馬が一頭いる。旅装の彼は三十代も半ばだろうか。背に大きな荷を背負っていて、蒼星を見るとかるく頭を下げた。

「お呼び立てとは珍しいと思っていましたが……」

彼はちらりと亜耶を見る。どう見ても普通の人間なので、亜耶は一歩後退《あとずさ》った。村人たちのように、嫌悪感もあらわな態度を取られる気がしたのだ。

蒼星が守るように肩を抱いてくれた。

「亜耶、彼は皆木《みなき》という名前で、ハザマだよ」

「――ハザマって？」

「人間だけれど、主たちとも交流ができる者のことだ。私たちが土地を離れられないかわりに、人間の世界からいろいろ持ってきてくれたり、運んでいってくれたりする。行商人みたいな感じだと思ってもらってもいい」

「主さまたちのご用聞きみたいなもんですよ」

荷物を下ろして蒼星の足元に置いた男――皆木が言った。笑みを浮かべると明るい印象で、亜耶にもぺこりと頭を下げてくる。

「皆木と申します。亜耶さま、よろしくお願いします」

「よろしく……お願いします。亜耶、でいいです」

皆木のほうが亜耶よりずっと年上だ。気後《きおく》れして蒼星の袂《たもと》を摑んだが、半ば隠れるようにした亜耶にも皆木は気分を害した様子を見せなかった。

「では、亜耶さんとお呼びしましょう。お支度はもうおすみですか？」

「うん……はい」

「かしこまらなくても、道中一緒なんですから、気楽にどうぞ」

もう一度笑って、皆木は表情を改めると、蒼星に向き直った。

「港町へ、ということでしたが……よろしいんですか」

「亜耶が見たがっているんだ。亜耶、荷物を持っておいで」

「――うん」

少しだけ、もう行くのか、と不安がよぎった。だがすぐに思い直す。早く出かけて、港町を探検したら一度帰ってくればいい。

蒼星をその場に残して部屋に戻り、作った荷物を持つ。お金の入った袋は懐と荷の中、袂とに分けた。大きな街には盗人もいるから、そのほうがいい、と蒼星が教えてくれたのだ。

「あのお祈りすれば、すぐ蒼星にも聞こえるんだし、大丈夫」

初めての経験に緊張してしまう心をそう呟いてなだめ、亜耶は小走りに出入り口に戻った。にこっとして、蒼星が腕を広げてくれる。迷わずにそこに飛び込んで、ぎゅっと抱きついた。

「いってきます」

「いってらっしゃい」

挨拶とともに、唇が額に触れた。数秒じっと接吻され、離れたときには、わずかに温もりが残った。

「これでいいよ。……気をつけて」

「うん」

触れてもわからない印は、消えた感触もない。何度もそこを撫でる亜耶を、皆木が呼んだ。

「亜耶さん、荷台に乗ってください」

「これで行くの？　荷車が通れる道が森の中にもあるんだ？」

普段散歩に使う道は獣道程度の細くて険しいものだけだ。馬でも厳しそうなのに、大丈夫ですよ、と皆木は笑う。

「ハザマが荷物を持って通れるように、主さまが加護してくださいますから。魔物にも襲われないで

すみます」

「へえ、便利だね」

初めての荷車に乗り込んで、荷物はしっかり抱えた。蒼星はにこにこと手を振っている。

「楽しいことがたくさんあるように、私も祈っているから……毎日、祈っているから」

「うん、ありがと」

毎日だなんて大袈裟なんだから、と笑って亜耶も手を振り返すと、がくんと車が動いた。衝撃は最初だけで、あとはすべるように走り出し、そうすると青白い道の両脇を、木々が流れるように過ぎた。見るまに館と、その前に立つ蒼星の姿が遠ざかり、ほどなく見えなくなった。はるか遠くに小さな明かりだけが残る。

蒼星の館を目指して歩いたときみたいだ、と思って、亜耶は膝を抱えた。あのときももしかして、蒼星が加護して導いてくれたのだろうか。

(……俺が気づかないときも、蒼星って、ずっと大事にしててくれたんだな)

しんみりと嚙みしめると、手綱《たづな》をにぎった皆木が振り返った。

「森を抜けるのに少し時間がかかりますから、よかったら寝てください。港町に着いたら起こしますよ」

「わかった。時間って、どのくらいかかるの?」

「明日の昼には着きます。寝ていればあっというまですよ」

「そんなに長くは眠れないと思うけど……じゃあ、寝るね」

荷車に乗るまではまったく眠くなかったのに、皆木に言われると急に眠いような気がしてきた。単調な車輪の振動が眠気を誘うのだろう。亜耶はころりと横になって目を閉じた。がたごとという音と、風が梢を抜ける音。昼でもひやりとした空気。木々の匂い。

（……港町は、どんな匂いがするんだろう）

楽しみだな、と考えたのを最後に、亜耶はすうっと眠りに落ちた。


亜耶さん、と声をかけられた気がして、亜耶は重たいまぶたを上げた。陽差しが眩しくて、何度もまばたく。

「着きましたよ。港町です」

聞き覚えのない声に首をめぐらせ、亜耶は自分を覗き込む男を見上げた。誰だっけ、とぼんやりしたまま身体を起こし、「どこ？」と聞き、ようやく周囲が、まったく知らない景色なのに気がついた。

建物に囲まれた、狭い場所だった。小屋があって、そこに一頭馬がつながれている。

「港町の、私がよく使う宿に着きました。亜耶さんも落ち着くまでは、ここに泊まってください。必要なら、私が知人に頼んで住まいを見つけてもいい」

「住まいって――」

どうして、と聞こうとして、亜耶はようやく思い出した。この人は皆木だ。ほっとして、亜耶は荷台から降りた。

「そんなに長くはいないよ。港町を見て回ったら、一度帰るもの」

「……そうですか。では、私は仕事に出て、戻りは三日後ですが、おひとりで大丈夫ですか？」

「大丈夫。宿に泊まって、昼間はあちこち行ってみるよ」

荷物を持ち直して、亜耶は痛む身体を伸ばした。ふしぶしが軋む。長くは眠れないと言ったのに、結局着くまで一度も目覚めなかった。陽は高いから、皆木が言ったとおり、館を出た翌日の昼頃なのだろう。亜耶は拳をにぎって額に当てかけ、思い直してやめた。

蒼星に、着いたよ、と伝えてもいいけれど――もっとわくわくするような、蒼星も喜んでくれそうなことがあってから、それを教えてあげたほうがいい。きっと楽しみに待っていてくれるはずだから。

（早く、いろんなところが見たい）

「皆木さん、海ってどっちに行けば見られるかわかる？」

「それなら、表の道に出て、東に下っていくだけですよ」

「帳面とか、ペンを買えるところはある？」

離れているあいだは日記をつけようと思っていた。そうすれば細かな出来事も、余さず蒼星に伝えられる。

「あると思いますが……宿の女中か番頭さんにでも聞いてみてください。そこの戸から、宿の表玄関に行けますから」

「ありがとう。じゃあ、三日後にね」

「――どうぞ、お気をつけて」

皆木は心配そうな、どこか哀れむような表情だった。親切なんだな、と亜耶は深く考えずに手を振って、指差された建物の戸を開けて入った。すぐ脇に台があって、丸い眼鏡を鼻にひっかけた若い男が視線をよこした。変わった服を着ている。

「皆木さんのお連れの方ですね」

「あ、はい。……あの、帳面やペンを買える店を探してるんですけど」

「筆ではなくペンですか？　それなら、舶来物を扱う店にあると思いますね。港近くの、海沿いの道に店が並んでいます」

「港は、表の道を東に行けばいいんですよね」

「ええ。さっそくお出かけですか？　でしたら、お着替えなど大きな荷物はお預かりしますよ」

男は愛想よくにこにこする。いい人そうだ、とほっとして、亜耶も笑みを浮かべた。

「はい。早くいろんなところが見たくて……荷物、お願いします」

「それはいい。皆木さんが不在のあいだは私になんでも聞いてくださいね。お力になれることがあればなんなりと」

「ご親切に、ありがとうございます」

荷物を渡して頭を下げると、男は「お気をつけて」と手を振ってくれた。普通に話せているのは印がないからなのだろう。これなら町をひとりで歩いても平気そうだと、亜耶はほっとした。

宿の表玄関の引き戸から外へと出ると、そこはもう、広くて明るい大通りだった。

白い砂が踏み固められた通りを、大勢の人が行き交っている。村では祭りのときだってこんなに人はいない。両脇に建ち並ぶ建物は木造だがどれも大きくて、立派《りっぱ》な瓦葺《かわらぶ》きだった。二階建てや三階建てもある。張り出した手すりに腰かけて煙管《キセル》をくわえた人や、連れ立って歩く艶《あで》やかな赤い着物姿の女性に目を奪われて、亜耶はきょろきょろきょろした。

見慣れないものしかない。西には間近く巨大な山がそびえている。町は山の麓《ふもと》から海にかけて広がっていて、山側から急な下り坂になった大通りはちょうど宿のあたりでゆるい上り坂に転じ、少し先でまた下り道になるようだった。そこここに飾りつけられた赤い提灯も、亜耶の目には物珍しく映る。それに、賑やかを通り越してうるさいほどだった。話し声に呼び込みの声。人々がたてる物音。

生まれて初めて味わう喧騒に圧倒されてしばし立ち尽くし、それから亜耶は意を決して歩き出した。夢を叶えるためだけでなく、蒼星にも伝えるのだから、いろんなものをちゃんと見ておきたい。

「えっと、東に下って、海のほうに行けば、店もあるんだよな」

金がちゃんと懐や袂に入っているのを確かめ、用心深く歩きはじめると、広い道の両脇に、ところどころ露店があるのに気がついた。村では祭りのときにしかない屋台が、食べ物を売っているのだ。果物に糖蜜をかけたものや、立ったまま食べられる蕎麦《そば》。道沿いには飲食できる店もあるようだが、見ていると屋台で買う人は、食べながら歩いていく者が多い。そういえば腹が減ったな、と亜耶は胃のあたりを押さえた。

「……なにか、買ってみよう」

ゆっくり歩きながら屋台を覗く。串に刺した胡瓜や焼き魚もおいしそうだったが、目を引いたのは見たことのない、白くて大きな蒸し饅頭のような食べ物だった。おそるおそる近づくと、はちまきを締めた中年の男が「いらっしゃい」と威勢よく声をかけてきた。

「肉饅頭《にくまんじゆう》、うまいよ！　できたてだ」

「中に、肉が入ってるの？」

並んだ饅頭を指差すと、男は口を開けて笑った。

「おや坊主、この町は初めてかい。うちで売ってるのは細かくした肉が入ってる。別の店なら、餡子を使った甘いのもあるよ。腹は減ってるかい？」

「うん」

坊主じゃないけど、と思いつつ頷けば、じゃあうちのにしな、と男は薄い紙に饅頭をひとつ包んでくれた。言われた金額を袂から出した硬貨で払い、亜耶は聞いてみた。

「屋台で、月餅を売ってるところはある？」

「月餅？　あれは月見のときと、新年に食べるものだからな。今時分に売ってるところはないんじゃないかな」

「そうなんだ……ありがとう」

礼を言って屋台を離れ、亜耶はさっそく饅頭にかぶりついた。ふかふかとやわらかい中から甘辛い肉味噌のようなものが出てきて、旨味《うまみ》が口いっぱいに広がった。初めて食べる味だけれど、おいしい。

（蒼星、これは知ってるかな。食べさせてやりたいな）

月餅が売っていないのは残念だったが、ほかにおいしいものを探して買っていくのもいいかもしれない。甘いものが好きなウルスたちも喜ぶものも探そう。

熱い饅頭をはふはふ言いながら食べつつ、ゆるやかに上る道を進むうちに、だんだん楽しくなってきた。印がないからか、道ゆく人は誰も亜耶を凝視したりしない。たまに振り返る人や視線をよこす人がいても、嫌悪している感じではなかった。宿の人も屋台の人も親切にしてくれたし、うるさいほどの喧騒も慣れてくれば賑やかでいい。

なにより、風が気持ちよかった。気温が高くて暑いけれど、東から吹きつける風は強く、しょっぱいような匂いがする。きっと海の匂いだ、と思うと、自然と心が浮き立った。

早足になって歩いていくと、やがて道が下り坂に転じた。一番高いところから、灰色を帯びた青い海が見下ろせて、亜耶は目を見ひらいた。

大きい——というより、果てが見えない。前も左右も、どこまでも海だ。ところどころ白い波頭が立っては消え、にぶく光っている。あまりの広大さに声も出なかった。

（あれが、海なんだ……）

坂のてっぺんでは亜耶と同じように幾人もが足をとめ、海に歓声をあげている。初めて訪れる人間も多いのだと気づいて、亜耶はだからか、と納得した。旅人も多い町だから、住人たちは亜耶のように見慣れない者に慣れているのだろう。よそ者がいない村とは、雰囲気が全然違う。

面白いなあ、としみじみして、これも日記に書こう、と決めた。

（忘れないうちに書いておかなきゃ。港まで行って、お店を探して……）

急ごう、とほとんど駆け足になって、亜耶は歩く人々のあいだをすり抜け、港を目指した。広い道はまっすぐ海へと続き、やがて建物に遮られて海が見えなくなると、突き当たりで左右に分かれた。どちらに進んでも、たくさんの店が並んでいる。

迷って右に曲がり、通りかかる人に舶来品を売っている店を尋ねていくと、帳面もペンも売っていそうなところがほどなく見つかった。赤い布の庇《ひさし》が張り出しているのは異国風だろうか。玻璃の入った出窓にはペンや人形などが綺麗に並べられていて、嬉しくなってさっそく中に入る。

いらっしゃい、と明るい女の人に迎えられ、亜耶は口をひらいた。

「帳面と、羽根ペンとインクがほしいんです」

「あら、素敵ね。インクもいろんな色があるから、見てみる？」

見たこともない羽織りものを着た女性が「こちらへどうぞ」と手招きしてくれる。

「でも、帳面でいいの？　お手紙用の素敵な洋紙もありますよ」

「手紙もいいけど、日記をつけたくて。持って帰って見せたいから」

「お父さまかお母さまに？」

微笑ましそうに目を細めた女性が、青や緑のインク壺《つぼ》を並べてくれる。いいえ、と首を振りかけて、亜耶は動きをとめた。

「………あれ？」

「どうしたの？」

不思議そうに聞いてくる店の女性の顔を見つめ返し、亜耶は声を出そうとした。違います、と言おうとしたのだ。両親じゃなくて、見せたいのは。

見せたいのは——誰だっただろう。

たしかにいるのに、名前が思い出せない。あの人。

顔を思い浮かべようとして、亜耶は拳をにぎりしめた。顔から血の気が引いていく。

「なんで……」

どうして、思い出せないんだ。名前も、顔も、靄《もや》がかかったみたいに曖昧になって、出てこない。知ってるのに。

心配そうに女性が顔をしかめた。

「あなた真っ青よ。具合でも悪い？　町にはひとりで来たの？　学生さんでしょう？」

「違います。俺は――」

自分の名前はわかる。亜耶だ。女みたいで好きじゃない名前。でも、ほかのことがわからない。自分はどこで生まれた？　村にいた気がするけれど、どこの村かわからない。父や母はいただろうか。いなかった気がする。でも、家族はいたはずだ。大事な――いや、いなかっただろうか。

穏やかな笑い声や優しい眼差しが一瞬思い出せた気がしたが、すぐに溶けるように薄れた。誰かいた。と、思う。夢でも見たのだろうか。それとも。

「インクやペンは？　どうする？　お金はあるの？」

まともに話すこともできない亜耶に不審感を覚えたのか、女性の声が硬くなった。亜耶は迷って肯いた。

「買います。帳面と、羽根ペンと……インクは黒で」

高いわよ、と言われたが、袂の中に入った金は亜耶が思ったよりもたくさんあった。金貨まである。それを使って支払いをすませると、女性がため息をついた。

「身なりもいいし、学生さんだと思うけど、この町には慣れてないんでしょう。掏摸《すり》もいるんだから、そんなにぼんやりしてちゃだめよ。具合が悪いなら、早く寮か下宿先にお戻りなさいな」

「――はい」

そもそも、自分がなぜこの町にいるのか、亜耶にはわからなかった。

学生では、ないと思う。肉饅頭を食べたことは覚えている。その前は、たしか宿から出てきた。宿の人が親切にペンを買える店を教えてくれたのだ。でも、どうやってあの宿にたどり着いたのだろう。

包んでもらった品物を抱えて、亜耶は通りに出た。潮の匂いのする風が髪をなぶる。さっきまでの楽しい気持ちが遠かった。わくわくしていたことは覚えているのに、どうしてあんなに心を躍らせていたのかが思い出せない。初めて食べる肉饅頭がおいしくて、お土産に買って帰れたらいいのにと考えて——全部、誰かのためだったのに。

目の奥がつんとした。泣きたいくらい不安で、同時に悔しかった。すごく幸せな、夢のように大切な時間が、亜耶にはあった。あの心地よい居場所。力強くて優しい腕。あたたかい匂い。それが、断片しか思い出せず、もっと思い出そうとすると遠ざかっていく。

もしかして、本当に夢でも見たのだろうか。

飛んで帰って抱きしめられたいけれど、迎えてくれる人など、本当にいるのかさえあやふやだった。覚えていないのだから、幻とか、想像していただけの「誰か」かもしれない。思えば、小さい頃から想像する癖があった気がする。それもうろ覚えだけれど——。

「……全然、わかんないや」

心許なくて、気温が高いにもかかわらず、鳥肌が立っていた。腕をさすり、亜耶は唇を噛んだ。

どうしよう。いつから、自分はひとりなのだろう。あんなに気持ちが浮き立ったのだから、この町には来たくて来たはずだけれど、それさえ勘違いだったら、どうしたらいいんだろう。

立ち尽くしていても、歩く人々はほとんど、亜耶には気をとめない。まるで存在しないかのように通り過ぎられて、亜耶は俯いて包みを抱きしめた。

心細くて、動くに動けない。こんなの俺らしくない、と自分を鼓舞しようとして、亜耶は愕然とした。どんなのが「俺らしい」のか、それさえ、今の亜耶にはわからない。

落ち着くどころかどんどん混乱してきて、亜耶は踵《きびす》を返した。戻ろう。とりあえず覚えている宿に戻って、もう一度考えよう。預けてきた荷物の中に、なにか手がかりがあるかもしれない。

走り出そうとした途端、どん、と身体がぶつかった。いやそうな表情をした大男が、亜耶に向かって舌打ちした。

「どこ見てんだ。子供だからってよそ見してんじゃねえぞ」

「……すみません」

見上げるほど大きくていかつい男に竦みそうになり、亜耶は足早にその場を離れた。通ってきた坂道を駆けるようにして上り、下り坂に入る。屋台が並ぶ光景もさっきと同じだ。出てきた宿はすぐに見つかって、ほっとして亜耶は中に入った。

見覚えのある眼鏡の男がにっこりする。

「おや、もうお帰りですか？　目当てのものは買えましたか？」

「——はい。……あの、荷物、は」

「お部屋に入れておきました。三階の東端です。一の間って戸に書いてありますから」

ありがとうございます、と言うのもそこそこに、慣れない階段を上がる。一、と数字の刻まれた戸を開けると、畳敷きの部屋で、たたんだ布団の上に、荷物が置いてあった。動悸《どうき》がおさまらないまま、亜耶は膝をついて荷をほどいた。

なにか、見覚えのあるもの。記憶にあるもの。ささやかなことをひとつだけでも、思い出せるものがあればいい。

そう思ったのに、中身は着物が数枚と袋に入ったお金、それだけだった。色すら覚えのない着物を摑んで、亜耶は呆然とした。

ていた。

「なんでだよ……」

思い出せない。霧のように、こぼれる砂のように——あったはずの記憶は、亜耶の中から消え失せていた。

晩夏の夕闇がほの暗く迫る時間になっても、通りの人けは絶えなかった。港へ下りていく人、山側へと上っていく人。路地に入る人、出てくる人。大小の赤い提灯がそこかしこでともされ、幻想的に美しい。あちこちからあたたかい食事の匂いがした。

亜耶はあてもなく歩きながら額を押さえた。

出汁《だし》と醤油《しょうゆ》の匂いは知っている。好きな食べ物は鍋だ。お金の使い方や帯の結び方、掃除の仕方といった、日常的なこともわかる。看板の文字を読むこともできたし、書くこともできるとわかっていた。会う人ごとに「坊主」だの学生だのと言われるけれど、大人の年齢になったことも覚えている。それから——

「おはぎ……茱萸……、蛍。秋祭り」

覚えていること、知っていることをひとつひとつ確認しながら、亜耶は心細いままだった。いろんなことを知ってはいる。行事や食べ物、季節の風物詩もわかるくらいだから、どこかで普通に暮らしていたはずなのだ。たぶん、家族も一緒に。だが、その家族がどこにいるのか、どんな名前でどんな構成だったのか、ちっとも思い出せない。

ていた。


「兄弟……が、いた気が、するんだけどな」

黙っていると不安に押し潰されそうで、亜耶は小さく呟いた。こんなにたくさんの人がいるのに、誰も亜耶のことを知らないのだ。宿の人が言うには、連れがいて、その人に留守のあいだを頼まれたそうだから、彼が家族なのかもしれないが、ハザマという名前を聞いても、安堵はできなかった。

このままでは眠ることもできそうもない。せめてもう少しなにか思い出したいと、亜耶は町を歩いていた。

記憶をなくした、と打ち明けるのは、どうしてか怖かった。だから宿の人には、その連れに聞きたいことがある、と頼んだのだが、ハザマは数日帰ってこない予定だと言う。そのかわり、町には彼の仲間がいるはずだと教えてもらえたので、探そうと思ったのだが。

「ハザマって人の顔も覚えてないし……いくら歩いても、俺のこと知ってそうな人もいないし」

港近くの道が左右に分かれるところまでの道を何度か往復してみたが、得るものはなにもなかった。

もう一度港のほうを歩いてみようか、と遠い先を眺めて、亜耶は屋台に目をとめた。

肉饅頭を売る店が、まだ出ている。いつもあそこで売っているなら、なにか知っているかもしれない。

近づくと、男は亜耶に気づいて片眉を上げた。

「昼間の坊ちゃんじゃないか。気に入ってまた来てくれたのかい？」

「——はい。おいしかったです。それと、ちょっと聞きたいことがあって」

「おう、なんでも聞いとくれ」

大きな口を開けて笑う仕草は豪快だ。亜耶は袂から小銭を出して、ひとつください、と頼んだ。

「ハザマさんという人の、仲間を探してるんですけど」

ほかほかの肉饅頭を紙に包もうとしていた男が顔をしかめた。

「ハザマって、あのハザマかい？」

「……ご存じですか？」

「いや、知らない」

急に面倒そうな態度でため息をついて、饅頭を渡してよこす。

「来てくれたらものは売るし、大事な仕事だとは思うがね。俺なんかにゃ、あんまり好かんよ。どこでなにをしてるかとか、仲間がどこにいるとか、知ろうなんて思ったこともないね。……坊主はなんだい、ハザマになりたいのか」

「……いえ。聞きたいことがあるだけです」

どうやらハザマは名前ではなく、仕事のようだ。

「この町まで、連れてきてもらったみたいなので」

「みたいってなんだ。……おまえまさか、品物じゃないだろうな」

哀れむような目をして、男は再度ため息をついた。

「まあ、なんか事情があるんだろうがね。俺はそういうのとは関わらんから、よくは知らないけど、あいつらは舶来品をよく買うから、いるとしたら港沿いの酒場か宿じゃないか」

不確かな情報だが、なんの手がかりもないよりはずっとましだ。亜耶はいくらかほっとして肯いた。

「ありがとうございます、行ってみます」

「お節介だが、単に道中助けてもらっただけなら、ハザマには深入りしないほうがいい。俺の田舎じゃ、ハザマはいいものだけでなく、悪いものも運ぶんだ。それに、主さま相手に売り払われたりするのはおまえさんだっていやだろう。この町なら働き口はいくらでもあるぞ」

「……ありがとうございます」

そんなに怖い人たちなのか、と思いながら二回目の礼を言って、亜耶はふとなにかがひっかかるのを感じた。

ハザマは聞くかぎり商売をする人たちのようだ。でも、男は変なことを言った。「主さま相手に売り払う」――主さまは、土地の守神だ。神様相手に商売なんて、するのだろうか。

じん、と額が痛んだ。

亜耶が住んでいた場所にも、主さまがいたはずだ。ということは、ハザマがその主さまを知っているのかもしれない。どんな主さまかわかれば、どこで暮らしていたかもわかる。

早く知りたい、と気がはやって、亜耶は道を急いだ。宿へと呼び込む女性たちの手をかわし、一目散に港を目指す。昼間とは逆の、左のほうへと道を曲がり、亜耶は手近な店に入ろうとした。ハザマを知らないかと、片端から聞いて回るつもりだったのだが、左右にひらく扉に伸ばしかけた手は、横から出てきた人影に遮られた。

「人を探しているみたいじゃないか」

笑いまじりの声をかけられ、亜耶ははっとして男を見上げた。がっちりした男は着物を着崩していて、にやけながら亜耶を見下ろしている。

「大通りを行ったり来たりして、屋台で聞いてたろ。一緒に探してやろうか？　仲間もいる」

顎で指し示されて、彼の後ろにも似たような男が二人いるのに気がついた。ひとりは顔が埋もれそうなほど髭《ひげ》を生《は》やし、ひとりは腕に蛇《へび》の刺青《いれずみ》が彫られていて、いかにも柄が悪そうだった。

「港のことなら俺たちが一番詳しいんだ。助けてやってもいいんだぜ」

掴まれた手首が痛い。だが、かけられた言葉自体は優しくも聞こえる。亜耶は不安と期待が半々で顎を引いた。

「ハザマという人を……探していて」

「ああ、知ってるよ、もちろん」

呆気なく男が肯く。本当ですか、と用心深く聞き返すと、彼は笑って亜耶の肩を叩いた。

「偉い偉い、俺たちを警戒してんだな。知らない人にはついていっちゃいけませんって、母ちゃんから習うものな」

どっと後ろの二人が笑う。なにが面白いのかわからなかったが、男は笑ったまま気安げに亜耶の胴に手を回した。抱き寄せるような仕草に強張った亜耶の耳元で、彼は囁いた。

「安心しな、俺たちは本当にハザマを知ってる。あいつらはひっそりするのが好きだからな、こういう表通りの店にはいないんだ。裏の、もっといい店で静かに過ごすのさ。行くかい？」

言われることが嘘か真《まこと》か、見極める術が亜耶にはない。だが、屋台の男の言ったことを考えても、ハザマが表通りの店にはいない、というのはありそうな気がした。

迷って、結局肯いた。

「ご存じなら、連れていってください」

「お安い御用だ。ほら、行こう」

ぐっと肩を抱かれる。残りの二人が逃げ道をふさぐように後ろに回り、本能的な不安が湧いたが、連れていってもらえるんだから、と内心で言い聞かせた。闇雲に聞いて回るより、知っている人に頼んだほうが早い。一刻でも早く、記憶の手がかりがほしかった。

もし危ない目にあいそうだったら逃げればいい、と決めて、半ば引っ張られるように歩き出す。

こっちだ、と機嫌よく男が横道に入ろうとして、露骨に舌打ちした。

「おい、どけ」

亜耶はいつのまにか俯いていた顔を上げた。通せんぼするように、狭い路地に人が立っている。黒い着物には、暗がりでもわかるほど派手な、炎のような奇抜な模様が入っていた。髪は長いが、男だ。初めて見る美しい顔の中、するどい目が亜耶を見ていて、視線があった。

「邪魔だ。どけって言ってるだろ！」

どすの効いた声ですごまれたのに、彼は聞こえなかったかのように首をかしげた。

「珍しい匂いがすると思えば……蒼星の」

瞬間、ばちん、となにかが弾けた気がした。額を強く叩かれたような衝撃に、亜耶はよろめいた。眉間《みけん》のあたり――額の真ん中が熱い。否、頭の中がすべて燃えるようだ。

「そう、せい」

知っている名前だった。思い出した。蒼い星と書く――綺麗な名前だ。

呟くと胸が熱く痛んだ。懐かしいような、せつないような。ひどく大切な名前な気がするのに、それ以上思い出せないのがもどかしい。きっと、自分にとって親しい人のはずなのに。

「あんた、蒼星を知ってるの」

掴む男の腕を払いのけ、亜耶は長髪の男へと駆け寄った。

「教えて。その蒼星って人はどこ？　会いたいんだ！」

「なんだい、おまえは……見たところ印もないが」

怪訝そうに男がかがみ込んで亜耶の顔をしげしげと眺める。ほったらかしにされた格好の後ろの男たちが、苛立ったように声を荒らげた。

「そいつは俺たちが声をかけたんだ。横取りしてもらっちゃ困る」

「おや、なんだ、いたのかい」

初めて気づいた、というように、長髪の男が視線を投げた。亜耶と彼らとを見比べて、やれやれ、と呟く。

「また貸しができそうだね。まあ仕方がない。――お下がり」

手を上げた、と思うと一瞬だった。亜耶が振り返ったときには、三人の荒くれ男たちは、牙を抜かれたみたいにぼうっとした顔をして踵を返した。ふらふらと去っていくのをなにが起こったか理解できずに見送って、亜耶は喉を鳴らした。

「なにか、したんですか」

「無礼な人間はああして追い払うのが早いのだよ。蒼星はやらないかもしれないが」

「……あんたは、蒼星の友達？」

背は高いが、去っていった男たちに比べると、雰囲気はずいぶん上品だ。腕力もあるようには見えない。だが、どことなく――どことなく、彼らよりも怖い。触ったらひどく痛いような予感がして、亜耶は後退りたくなるのをこらえた。たったひとつ、「蒼星」と自分を繋ぐ糸は彼しかない。

「どこに行けば、蒼星に会える？」

「変なことを聞くね。吾《われ》と蒼星は……まあ、友達ではないな。あいつにはどこに行っても、会えないときは会えまい」

「それじゃ困る。会わないと……俺、名前以外はなにも覚えてないから。困るんだ」

できれば胸ぐらを摑んで問い詰めたいくらいだ。亜耶が焦れて足踏みすると、長髪の男のほうは顎に手を当てた。

「覚えてないのか。……おまえの名は？」

「亜耶」

「——ああ」

にっ、と彼は笑った。

「その名は知っているぞ。返したと聞いたが……なかなか、面白いではないか」

来なさい、と言って、彼は背を向けた。

「見つけてしまったのもなにかの縁だろう。話は聞いてやるから、酒にはつきあいなさい。……飲めるだろうね？」

「飲んだことは、ないけど」

大股で歩き出す背中を追いかけて、亜耶は笑いに揺れる頭を見上げた。

「あんたは誰」

「吾は紅峰《こうほう》。山の主さ」

「——主、さま？」

ぽかんとして、亜耶は繰り返した。主さまなんて初めて見たけれど、どう見ても人間だ。たしかに変わった着物だし、顔も綺麗だけれど——そういう人間にしか見えない。

「主さまって、神さまってこと?」

「いかにも」

半分振り返って、おかしそうに紅峰は笑った。

「神だから、おまえが面白い話を聞かせてくれるなら、気が向けば、望みを叶えてやらないこともない。蒼星に会いたいなら、頑張ることだな」


ここはこいつがうまいのだ、と言って、紅峰は大きな海老《えび》にかぶりついた。

「遠慮しないで、亜耶も食べなさい。飯代くらいは吾が出すから」

「……いつ、盗られたんだろう」

亜耶は卓に並んだ料理を前に、手をつけられないでいた。店では料理や飲み物を頼んだら金を先に払うのだが、払おうとして、袂の中にも懐にも金を入れた袋がないことに気づいたのだ。袂の分は、二度目に肉饅頭を買うときにも出したから、盗られたとしたらさっきの男たちしかない。だが、懐の金は、昼に宿を出て以来一度も確認していなかったから、いつなくなったのかもわからない。

「もの慣れない人間はすぐにわかるから狙われるのだ。そう落ち込むことはない」

紅峰は海老の皿を押しやってすすめてくれた。

「金を掏られたことより、知らぬ人間の甘言《かんげん》に乗ったことを悔やんだほうがよかろう。そなた、どう見ても売られるところだったぞ」

「売られる？」

そういえば屋台の人も品物がどうと言っていたな、と亜耶は思ったが、紅峰は呆れた顔をした。

「なんだ、全然気づいてなかったのか。危なっかしい。港で売られるといったら、船で働く奴隷だろう。子供でも知ってるぞ。……そなたはいくつだ？」

「わからない。けど、大人だと、思う」

「大人にしちゃあ雰囲気が幼いね。まあ、箱入りだろうから当然か」

ひょいと肩を竦めて、紅峰はわざとらしく怖い顔をした。

「奴隷はつらいぞ。船の中で逃げ場もなくこき使われて、言葉も通じない異国で下ろされて、またいいように使われるのだ。まあ、亜耶の場合は遊郭に売られたかもしれないが」

「ゆうかく？」

「まさかそれも知らぬか。性的快楽に奉仕する仕事といえばわかるか？」

ため息まじりに言われ、亜耶は赤くなった。そういう仕事があるのは知っている。だがまさか、自分が売られるだなんて考えたこともなかった。

ほら食べろ、と再度促され、礼を言って海老を口に入れたものの、味はよくわからなかった。金を盗られたことも売られかけたことも悔しいが、なにより蒼星のことが頭から離れない。

そういう名前だった、ということ以外、いくら考えても思い出せないのだ。それに――紅峰は自分を主だと言ったが、本当だろうか。改めて眺めてみても、紅峰は神様らしくは見えない。もちろん、主さまなんて見たことはないけれど。

「――主さまって、守っている土地からは離れられないんじゃなかった？」

「そうだな。吾はこの町のある山の主だから、港くらいまでは来られる。西に大きな峰があるのは、亜耶も見ただろう？」

行儀悪くぺろりと指を舐め、紅峰は大きな杯《さかずき》に入った酒を飲み干した。店員を呼びとめておかわりを頼み、小銭を渡す仕草も慣れたものだった。

「山にいてばかりでは飽きるのだ。食うものも酒も、町のほうがいろいろあってうまい」

「……神様なのに、わりと適当なんだね」

「蒼星は莫迦がつくほど真面目だろう」

にんまりと紅峰は笑った。

「あいつは普段は酒も飲まない」

「――知らない」

じくりと胸が痛んで、亜耶は卓の端に視線を落とした。穴でもあいたみたいになにも覚えていないのが悔しかった。

「全部……忘れちゃったみたいで、なんにも思い出せない」

「喧嘩でもしたのかのう」

紅峰はのんきな声だった。

「それとも、よほどおまえが蒼星を怒らせたか。でなきゃ、また蒼星が莫迦なことを考えたかだな。記憶を消すくらいだ」

「記憶を……消す？」

驚いて顔を上げると、紅峰はおどけたように片目を閉じた。

「自分でなにも覚えていないと言ったではないか。ではあいつが消したのだろうさ。人が思うほど主も万能ではないが、記憶を消すくらいはできる。加護を与えたり、場合によっては人間にとって災いとなることを起こしたりもな」

「――待って。じゃあ、蒼星も、主さまなの？」

まさか、と思ったのに、紅峰は「当たり前だろう」と肯く。

「蒼星はおまえの住んでいた村のそばの、森の主だ」

「森の、主さま……」

亜耶はなぜか疼く額を押さえた。どうして普通の人間でしかない自分が、主である蒼星を知っていたんだろう。お社ででも働いていたのか。

「なんで、森の主さまが、俺の記憶なんか消すの。俺、なにも悪いことなんかしてない――と、思う。覚えて、ないけど」

歯噛みしたい気分だった。記憶がないから、自分がどんな人間だったか、なにをしていたのかもわからない。土地の主さまを怒らせるような真似はしないと思っても、もしかしたらしたかもしれないのだ。

紅峰は届けられた新しい徳利《とっくり》から酒を注ぎ、杯ごしに亜耶を眺めた。

「そなたを安心させてやる義理もないが、吾の知る蒼星なら、たとえおまえが極悪人でも、怒って記憶を消すとは思えんな。それに、これだけあいつの匂いがついているなら、極悪人ということもなさそうだ」

「……におい？」

腕を上げて嗅いでみたが、とくになにも匂わない。その仕草をじっと見つめた紅峰は、酒を飲み干すと別の皿を亜耶のほうに押しやった。

「こっちも食え。——どうやらそなたは、本当にひとつも、蒼星のことを覚えていないのだな」

「疑ってたの？　嘘なんてつかないよ」

亜耶は大きな葉で包んで焼いた鶏肉《とりにく》をひとつだけ食べた。腹は少しも減っていなかった。

「ほんとに、覚えてない。……だから、会いたいんだ」

「思い出したいだけなら、会う必要はないぞ」

「え？」

「記憶なら、吾が戻してやることもできる」

こともなげに言われすぎて、亜耶はぽかんと口を開けた。

「……あんたが？」

「吾も主ゆえ、できんことはないな。ただで施しをくれてやるのは癪《しゃく》だが、そなたが思い出さないことには面白い話も聞けぬようだ」

「——思い出しても、面白い話はないかもしれないけど」

変な人、と亜耶は思う。主さまというのはみんな変わっているのだろうか。退屈しのぎの道具みたいに言われるのは気分がよくないが、ほかに頼る相手もいない。

ためらったのはわずかなあいだだった。一度俯いて、きゅっと顔を上げる。

「お願い。どうしても、思い出したいんだ。お礼をしろって言われても、お金だってたいしてないし、俺ができることは限られてるよ。でも、やれることはする。それでいい？」

「記憶を戻すのは難しくはないがな。覚悟はあるのか?」

「覚悟?」

「思い出せるのはいいことばかりとは限らん。蒼星がそなたにひどいことをしたとも考えられる。忘れたままのほうが幸せかもしれんぞ」

紅峰は挑発するように唇の両端を上げた。秀麗な顔に意地悪な笑みを浮かべて、どちらがいい、と聞いてくる。

「相応の対価を払って、後悔するかもしれない記憶でも取り戻すか、それとも忘れて、人生をやり直すか。この街は旅人も移り住む者も多いから、その気になればどんな者でも生きていける。たとえ以前に主の印がつけられていて、人間とはうまく交われない者でもな」

「あ……」

さっと脳裏を掠めたものがあって、亜耶は切れるような痛みに額を押さえた。

「知ってる」

「うん?」

「縁ができると……人間は異質なものに敏感だから、目立って……うまく交われないって、教えてもらった」

どこか寂しさの漂う優しい声で教えてくれたのは、たぶん蒼星だ。たったそれだけの記憶でも泣きたいほど嬉しかった。

紅峰は再びにやりとした。

「では、そなたが蒼星に頼んで、忘れさせてもらったのかもしれん。吾が知るかぎり、そなたは幼い頃にひととき蒼星に育てられて、それから村に返された。印がつけられていたから、長じて一度は蒼星のもとに参らねばならなかったはずだが、そのときに頼んだのではないか？　もう自由にしてほしい、と」

「――自由」

それは、なんとなく覚えている気もする。自由になりたかった。狭くて暗いどこかから、遠い青空を見ていて――ひどく寂しくて、だから行きたかった。どこか違う場所。孤独ではなくて、幸せになれる場所だ。

無意識に触れた唇に、ふいに塩の味を感じた。ぬるい、しょっぱい味を口にしたことがある。たぶん満ち足りた気分でそれを舐めて……ほっとしたあそこは、どこだったろう。

「印があると主からは離れられぬからな。……こんなことになっているなら、皆木が来るのを山で待っておればよかった。最近の事情がさっぱりわからんが、まあこれはこれで面白いな」

戻って聞けばよい、と独りごち、紅峰は立ち上がった。

「どうする？　思い出したいか？」

「……思い出したい」

悔しかった。思い出せないことがもどかしくて、いっそ腹立たしい。大事な記憶があるのに、自分から忘れたいと願うなんて、亜耶には信じられない。己のことだってよく知らないけれど、それでも。

「俺は、たとえいやなことでも、知らないほうがいいことでも、忘れたいなんて思ったりしないから。……全部覚えててつらいほうが、忘れて楽しいよりずっとましだ」

「悪くない気概だ。では来るといい」

満足げな表情で、紅峰は店を出ていく。その背中を追いかけて外に出て、振り返った彼に肩を摑まれた、と感じた直後に、視界が闇に包まれた。上下左右もわからないほどの闇に反射的に竦み、亜耶は拳をにぎった。

この拳を——たしか、額に。

身体はどこまでも沈んでいく。とりまく空気は重たく四肢に絡みついてくる。どこまで落ちるのだろう、と思ったとき、はるか下になにか見えた。

見覚えのない粗末な黒い着物の背中が、父だとなぜかわかった。たくさんの本が積み上げられた机に彼は向かい、必ず、と呟いている。取り戻すんだ。なんとしても咲を……。不安で袖を引けば、おとなしくしていなさい、と叱《しか》られる。花を手に入れたら港町に行くよ。亜耶も楽しい思いができるし、母さんに抱っこもしてもらえる。だからこれは、おまえのためなんだ。そう言いつつ、決して振り向かない背中が寂しい。

すうっとその背中が暗闇に沈む。やがてまた明るくなると、見える景色が変わっていた。暗い森の、小さな空間だ。ぽつぽつ咲く花。きっとこれだと歩き回って、父は花を懐に入れる。

怖い、と思った瞬間にはぱちんと視界が切り替わり、亜耶は持ち上げられていた。にごった空と、巨大な烏《からす》みたいな魔物が見える。あざ笑うように嘴《くちばし》がひらいている。一回転すると父が倒れていて、すぐに目をふさがれる。大丈夫だよ、と言う穏やかな声は懐かしかった。

蒼星だ、とはっとして、亜耶は手を伸ばそうとした。だが届かない。世界がまた暗くなり、再び明るくなったときには、ひどく悲しくて泣いていた。大きな熊と狼がそばにいて、おろおろと歩き回っている。大丈夫ですよ、と彼らが慰めてくれても、不安で涙がとまらない。もう夕闇が館のすぐ上まで迫っているのに、蒼星が帰ってこないのだ。

蒼星、蒼星、と何度も呼ぶうちに声が嗄《か》れて、しゃくり上げているとようやく抱き上げられた。遅くなってごめんね、と言う彼の左手には、血の滲んだ手拭いが巻かれている。いっちゃやだ、と亜耶は身をよじった。おいていかないで。背中を撫でて頬ずりした蒼星が、甘い声であやしてくれる。亜耶を置いていったりはしないよ。亜耶は私の大事な存在だから。大好きだから。そっと涙を拭われて、亜耶は蒼星にしがみつく。亜耶も好き。あのね。世界で一番、蒼星が好き。母さんみたいにいなくならないでね。父さんみたいに、振り返らなくならないでね。

何度も擦り寄る亜耶に、蒼星は悲しい顔をする。亜耶は、孤独なんだね。孤独は、寂しいね。座って膝に乗せ、身体を揺らしてくれる手つきはどこまでも優しい。「お祈りを教えてあげよう」と言って、拳を額と胸に交互に手を当ててから指を組み、シルウァ、ヴァーナ、と唱える。「どんなに離れていても聞こえるから、こうして私を呼べば、いつでも帰ってくるよ」約束だ、と言って覗き込んでくれた蒼星の紫色の瞳が頼もしくて、亜耶は繰り返した。しるうぁ、ばーな。そうして、言った。大好きだったから言った。「ねえ蒼星。なつになったら、海にいこうよ」

蒼星。一番好きだから——だから、一緒に。

いつのまにか気を失っていたようだった。

目覚めるとひどく頭が痛んで、亜耶は起き上がって呻いた。

「気分はどうだ?」

すぐ近くから声が響き、びくりとして目を向ける。長い髪に一瞬蒼星かと思いかけ、亜耶はまばたきした。違う。

「……紅、峰」

港で出会った主だ。店を出たときの目眩と暗闇を思い出し、亜耶はぞくりとして周囲を見渡した。

知らない部屋だ。岩のようにごつごつした壁に囲まれていて、亜耶は大きな寝台の上にいた。やわらかい布団が気持ちよく感じられるのは、部屋の空気が冷たいからだ。右の壁の一部がくり抜かれ、中で火が焚かれていたが、亜耶のところまで熱は届かない。時間はさほど経っていないようで、部屋は暗く、蠟燭《ろうそく》がともされている。大きな窓があるが、外はなにも見えなかった。

「ここはどこ?」

「吾の館だ。一番高い山の、てっぺんに近いあたりにある」

紅峰は寝台の端に腰掛けていた。上半身を起こした亜耶のほうに身体をねじるように向け、瞳を覗き込んでくる。

「蒼星の施した蓋は取ってやったが、記憶は戻ったか?」

「記憶」

ぼんやりと繰り返して、そうだ、と気づいた。港町で出会って、紅峰に頼んだのだ。思い出したい

と言って——覚えていてつらいほうがましだからと言って。

「……っ」

ずき、と額から後頭部にかけてがするどく痛む。閉じたまぶたの裏で、一気に蘇ったさまざまな光景が、入り乱れて次々に移り変わった。

鉄格子のはまった窓。緑色のおはぎ。赤い着物に白い打掛。蜻蛉。崩れかけた社。灰色のルプの毛並み。振り返った蒼星の微笑み。父の背中。満天の星空と蛍。魔物の嘴。唇を舐める蒼星の仕草。瞳の色、角の手触り。

「——思い出した」

苦しいほど胸がいっぱいだった。まさか、幼い頃のことも思い出せるとは思っていなかった。溢れ出した記憶には鮮明な感情が宿っていて、些細なことまで不思議なくらい鮮やかだ。きゅっと疼くような喜びと、足をばたつかせたくなる嬉しさがそのまま蘇ってくる。

大好き、と何度も言った。蒼星が好き。一番好き。

そのたびに「私もだよ」と喜んだり、逆に複雑な表情を浮かべたりしていた蒼星の顔がはっきり曇ったのはあのときだ。

「ねえ蒼星。なつになったら、海にいこうよ」

海？　と聞き返した蒼星に、得意になって説明した。海はね、うんと広いんだよ。おおきなふねじゃないと、ふかいふかい底にしずんでしまうの。でも、海をわたったら、べつの国があるんだって。たくさんお宝があって、天国みたいにうつくしくて、だれでもしあわせになれる場所だから、ぜったいそこに行くって父さんが言ってたの。だから俺、行きたいんだ。

両手を上げてうきうきと語る亜耶の頭を、蒼星は優しく撫でてくれた。それが亜耶の夢なんだね、と。寂しいその笑みの意味が、今ならわかる。

（……なんで、ちゃんと言えなかったんだろう）

父に聞かされた幻めいたその異国は、亜耶にとって幸せに満ちた場所だった。だから、お礼のつもりだったのだ。蒼星にも幸せになってほしくて、一緒に行きたかった。

大好きな彼に喜んでほしいだけで――決して、置いていきたかったわけじゃないのに。

涙が滲みそうになって亜耶は手のひらに爪を立てた。

「――あいつ、嘘をついた」

「嘘？」

「見てきてほしいって言ったんだ。森を出る前、印を消して自由にするから、私のかわりにいろんな場所を見てきてって。記憶を消すなんて、ひと言も言わなかった。……たぶん、最初から消すつもりだったくせに」

屋敷の中では自由にさせてくれたのも、どうせあとで記憶を消すつもりだったからだ。腹が立つよりも悲しい。いずれ亜耶の中から自分がいなくなると知りながら――蒼星は、どんな気持ちだったのだろう。

（帰りたい。帰って、ぎゅってしたい）

「なるほど。黙っていただけなら、嘘をついたとは言えぬと思うが……そなた、森には帰れぬかもしれんのう」

思案げに顎を撫でる紅峰を、亜耶は苛立って睨みつけた。

「なんで？　帰り方ならわかるよ。ハザマの……皆木って人に頼めばいいし、それに、断られても、行き方なら知ってる。村から森に入ったら、社があって、そこからは歩いて行ける」

「蒼星が迎える気がなければ、道に迷うのがおちだ。蒼星がそなたに会いたがると思うか？」

「っ――」

勢いよく口は開けたけれど、言い返せなかった。

蒼星は亜耶のことが好きだ。それだけは間違いないが、だからこそ、会ってはくれないかもしれなかった。

（……今思うと、蒼星がしょっちゅう涙ぐんだりしてたのは、初めから、俺が出ていったら二度と会わないって決めてたからなのかも）

震えて抱きしめたり、お礼に感情があんなにもこもっていたのは、ひとときずつが貴重な触れ合いだと考えたいたせいなら、大袈裟だったのもわかる。昔亜耶を手放して、印だけつけて村に戻したときと同じく亜耶のためだと考えて、今回も決めたのだろう。夢を叶えられるように。幸福になれるように。そういえば、いつだったか言っていた。大好きだから、この世で一番幸せになってほしい、と。

（……莫迦）

「蒼星は莫迦だからのう」

亜耶の思いを読んだように紅峰が言い、亜耶はむっとして睨んだ。

「莫迦ってことはないだろ。あいつは優しいんだ。失礼なこと言うなよ」

「ずいぶん肩を持つではないか」

冗談でも聞いたみたいに紅峰は笑った。

「吾はそなたよりもつきあいが長い。なにしろ、あいつが主になる前から知っておるから」

「主になる前って……主って、生まれつきとかじゃないの？」

亜耶は目を丸くした。なんとなく、主さまというのは、代々主さまの子供が継ぐと思っていた。そのために人間からも嫁を娶るのだろうと考えていたのだが、違うのだろうか。

「子が親の跡を継ぐこともある。吾には娘がおるから、いずれこの山の主は娘がなる。だが、人と同じで、誰もが子を生《な》すわけではない。といって、主が不在になっては土地が荒れる。そういう場合は、主が人のあいだから、これという後継を見つけるのだ」

「――蒼星が、人間だったってこと？」

まさか、と思ったが、紅峰は肯いた。

「近くの村の出身だ。もとは身代わりの生贄《いけにえ》のようなものだな」

「生贄……」

恐ろしげな言葉に背筋が冷たくなって、亜耶は蒼星の顔を思い浮かべた。人ならざる美貌にもかかわらず、表情はどこかおっとりしていて、偉そうなところが全然ない、あの顔だ。穏やかな彼に、そんな過去があるなど想像もしたことがなかった。

「なんでも、友と信じる人間に誘われて魔物の森に入ったらしい。あの森では万病に効く花が咲くという噂《うわさ》があって、ひとつ取ってくれば一生遊んで暮らせるほどの金が手に入ると言われているそうだ。友人とやらは、遠方に嫁いだ妹を助けたいと蒼星を騙したそうだよ。吾に言わせれば、噂に血迷った人間も、騙された蒼星も莫迦だ。人の手の届く場所に、そんな都合のいいものがあるわけなかろう」

人間はたいてい莫迦だ、と紅峰はそこだけ冷たく言って、ほのかに笑った。

「結局魔物に襲われ、魔物を鎮めに来た森の主に目的を知られて、当時の主は人間も罰として殺すと決めた」

「……そんな」

「蒼星は自分だけで許してくれ、友には病気の妹がいるからと頼み込んで、森の主がその献身を気に入ったのだ。それで蒼星は召し上げられて眷属《けんぞく》になった」

亜耶は暗い図書室を思い返した。あそこを探したときは、そういう記述は見つけられなかったが、紅峰の言うことは真実なのだろう、と思えた。少なくとも彼が語る蒼星は、亜耶の知っている蒼星そのものだ。

「眷属になっても主ではないから、自由はきく。それで蒼星は、友にひと言だけ別れを伝えようと一度村に戻ることにした。ところが、着いてみると村の様子がおかしい」

「——おかしい、って？」

「家がどこも荒らされて、静まり返っていたらしい。村外れでは煙が上がっていて、死体をいくつも焼いていた」

「死体？　いくつもって、どうして？」

亜耶は眉をひそめた。紅峰は「せかすな、せっかちだな」と焦らすように笑った。

「慌てた蒼星は友を探した。幸い、というべきか、彼は無事だった。だが、会うなり友のほうは怯えきって、石を投げたそうだよ。化け物め、二度と来るなと言って——こちらも二度と森には入らないから、放っておいてくれと。村人もみんな遠巻きにして蒼星を怖がった。なぜ、と問うたらおまえのせいだとなじられたらしい。おまえが禁断の森に踏み入ったから、主さまの怒りを買った、と」

「誘ったのは、その友達のほうだって言わなかった？」

「友が蒼星に罪をなすりつけたのだろうな。愚かだろう？　その愚かさをわかっていたからこそ、森の主は蒼星の献身を気に入りはしたが、罰を下さずにすますほどは寛大にならなかった。神域を侵した罰で、村を襲わせたのさ」

「襲わせたって……主さまでも、魔物は操れないんでしょ？」

嘘だ、と非難を言外に込めて紅峰を睨んだが、彼は気にするそぶりもなかった。

「報復したのは獣たちだ。蒼星も持っているだろう、狼や熊を」

「ルプもウルスも、人間を襲ったりしないよ。すごく優しい」

「主に命じられれば使獣はどんなこともする。だから主の性格によって、獣は魔物のようにもなるし、飼い犬まがいに懐きもする。蒼星の前の森の主は気性の荒い、誇り高い性格だったのだ」

いいやつだった、と紅峰は胸を張ったが、亜耶にとってはその主だって身勝手だ。友達だった人間も身勝手だけれど、生贄のように蒼星を自分のものにしておいて、報復もするなんて卑怯《ひきょう》だ。

（蒼星、どんな気持ちだったんだろう。友達だと思ってた人に裏切られて……自分は主さまになって、寂しくて――）

大事なものをなくしたと蒼星が言ったのは、きっとその友達のことだ。なくして、二度とこんなに悲しい思いをすることはないだろう、と思っていた蒼星。

俯いた亜耶の横で、紅峰は「おかげで」と続けた。

「おかげで蒼星も人とはつきあうのをやめた。それからはよく主を手伝って、主が退いたあとは彼が主になった。吾に言わせれば真面目すぎるが、まあ不真面目よりはよい。主は年に一度集まるんだが、そこでも皆蒼星のことは歓迎したよ。すすめても酒もたいして飲まないからつまらんと笑われていたが、蒼星は律儀に集まりに顔を出していた。それがたった一度だけ、来なかったことがある。真面目だから理由もよこしたんだが、子供が泣くから、と文に書いてあって、皆で目を剝いたものさ。しかも、森に入り込んだ人間の子供だというのだから」

「それって……」

「そなただな」

紅峰は腕を組んだ。

「当時は吾はやめておけと言った。禁断と言われる森に入る輩は、蒼星の昔の友も含めてろくなのがおらぬ。しかもおまえの父親は、まだ幼い子供連れだ。魔物が出たら子供を犠牲にして自分だけ助かるつもりだったのだろうし、蒼星が駆けつけたときには、懐から花がこぼれていたというから」

言われて、目覚める前に見た夢が蘇った。——あれも、自分の記憶なのか。

「そなたの記憶にはないか？　幼い頃のことだから思い出せなくてもおかしくはないが……父親が奇跡の花とやらを求めて入ったのは間違いなかろう。先代の森の主と吾は友人だったから、蒼星のことも弟のように気にかけていたんだ。蒼星も、なにかあると相談してくれたから、当時のことは聞いた。それで忠告したのだ。花を求めて入り込んだ人間に友を、子供に自分を重ねるのはやめておけと」

「……蒼星は、忠告を聞かなかったんだね」

心臓が潰れたみたいに痛かった。

友に裏切られてひとりきりになって、人間でさえなくなって森で過ごす日々は、亜耶が想像する何倍も孤独だったに違いない。それでも恨むことなく、亜耶たち親子を助けようとしてくれた。怖がる亜耶を手元に置いて可愛がってくれるあいだ、その友人のことを思い出したりはしなかっただろうか。たとえば、いつか亜耶も裏切るかもしれない、とか。村に返したら、またいわれのない罪を着せられるかもしれない、とか。

ずきずきする胸を亜耶は押さえた。今すぐ会いたい。会って、飛びついて、言いたかった。

（なんで蒼星は、そんなに優しいんだよ）

同時に、さきほどの紅峰の言葉が当たっているだろうことも、痛いくらいわかった。亜耶が会いたがっても、蒼星はきっと会おうとしない。

亜耶が海を見たいと言ったのは、蒼星と別れて自由になりたいという意味じゃない。けれど、私のかわりに、と言ってくれた言葉に、どれくらい本音が含まれていただろう。森の主になる前、蒼星もまた、海を見てみたい、遠くへ行ってみたい、と思っていただろうか。

神になんかならず、友達と一緒に、人と交わりながら暮らしたかったのは——蒼星自身かもしれない。でももう亜耶は、どこにも行きたくなかった。あるかどうかもわからない幻のような異国より、蒼星と暮らす森の館のほうがずっと魅力的だ。だってあそこには、亜耶のほしかったものが全部ある。仲間と、愛してくれる相手がいて、亜耶にもできることが、居場所がある。

「……帰りたい」

亜耶は敷布を強くにぎった。

「蒼星に、会いたい。……でも、蒼星は、俺に思い出してほしくなかったよね」

ひと言ひとことが鮮明に蘇える。幸せになって。きみは自由にしていいんだよ。生まれ変わってほしかったんだ。亜耶が好きだ。全部見て、覚えたいんだ。見てきて、私のかわりに。

二度目も記憶を消したのは、忘れてほしかったからだ。蒼星と過ごした幸せな日々を忘れて、ただの、普通の人間として、次の幸せを心から味わえるように――そんなふうに考えたのだろう。

わかるから、寂しい。

「俺――きっと、蒼星のためには、いろんなところに行かなきゃいけないけど、でも」

寂しくても惨めでも、怖くても、忘れていた子供時代以外に泣いたことはなかった。でも今は泣きたい。

自分のためには思い出してよかったけれど、蒼星のためには、思い出さないほうがよかった。これから誰と出会っても、亜耶は蒼星と比べてしまう。あそこでのほうが幸せだった、彼のほうが優しかった、楽しかった、と考えてしまう。

心から幸福だと思えない亜耶を、蒼星はきっと悲しむ。悲しませないためにはあの祈りの仕草で、嘘をつき続けなければいけない。ありがとう、と言うことはできても、会いたい、とは言えない。それが、泣きたいほど寂しい。

蒼星が、好きだから。

「……俺は結局、蒼星が願うみたいな人間にはなれないみたい」

涙をこぼすかわりに、亜耶は力なく笑った。

「蒼星の気持ちを無視してでも会いたいし、会ったら絶対文句を言うもの。あんたは勝手だって、ずるいって言っちゃう。怒ってなじって……ごめんねって蒼星に言わせるんだ。蒼星は悪くないのにだけど」

それでも、会いたかった。ほしいのはただひとつ、蒼星だけだ。

「――会いたい」

声を絞り出した亜耶に、紅峰は「そうか」と朗らかに言った。

「わかってよかったではないか。吾は約束は果たしたからな、対価を支払ってもらおう」

ほくほくと楽しげな声に、亜耶は彼を見た。機嫌よく、紅峰は微笑みかけてくる。

「払う、と約束したな？」

「……うん。なにを払えばいい？　俺、なにも持ってないけど……買ったペンとかインクなら」

「そんなものは要らぬ」

紅峰は長い舌を見せて唇を舐めた。

「蒼星が執心する人間がどんなものか、吾も味見がしてみたい」

「――っ！」

ぎくりとするより早く紅峰に押し倒されて、亜耶は呆然と見上げた。抱かせろと言われるとは、かけらも予想していなかった。けれど、たしかに亜耶が払えるものはそれくらいしかない。身体しかないから、蒼星のこともたぶらかしてやろうと思っていた。

蒼星がほしがらないなら、紅峰に抱かれたところで困りはしない。縁ができて人々に敬遠されたとしてもかまわなかった。どうせもう、蒼星を忘れて人間の中で幸せに暮らすつもりがないから、交われなくても問題はない。

ないのに、どうしてかいやだった。慣れた仕草で帯をほどかれ、亜耶は嫌悪で歪みそうな口をひらいた。いやでも、我慢しなければ。

「特別に、口で奉仕してやってもいいよ。満足するまで好きにしてよ。――そのかわり、ハザマになる方法を教えて。あるだろ？　なにか方法が」

「なったところで蒼星が拒めば会えぬが、まあ考えておこう。……そなたは面白いな」

くっと喉の奥で笑って、紅峰は亜耶の首筋に顔をうずめた。匂いを嗅がれて、反射的にもがきたくなる。手のひらは胸を這い、肌を味わうように撫でている。蒼星とは違う体温だと意識するとぞっと背筋が冷たくなった。

（……こんなの、なんでもない。身体くらい、いくら触られたっていい）

指先が乳首に触れてくる。小さい突起を弄《もてあそ》ばれて鳥肌が立ち、亜耶は耐えようと拳をにぎった。声を漏らさないよう口に押し当てる。額の奥が、記憶を取り戻した余韻のように疼いて痛い。

（いやじゃ、ない。……平気だ）

堪えても身体は小刻みに震えていて、紅峰は気づいているだろうに、素知らぬふうに胸から腹へと撫でていく。頭も手を追って徐々に下りていき、亜耶は咄嗟に膝に力を込めた。

ささやかな抵抗は、だが、紅峰の動きをとめることはできなかった。両手がそれぞれ太腿にかかり、思わせぶりに押し広げてくる。短い腰巻が割れて、亜耶は息をつめた。

舐められるだろうか。蒼星がしたみたいに――あそこを。

（っ、いやだ）

へそに紅峰の息がかかった。笑っているのだ。

「威勢のいいことを言ったわりに、縮こまっているではないか。あやしてやろうか？」

「い……ら、ない」

「では先に後ろを使うぞ」

言いながら窄まりを指で押されて、ぐらりと目眩がした。いやだ。

そこは絶対に、明け渡したくない。

気づいたときには、にぎった拳を額に当てていた。続けて胸に当て、頼りなく震える指を夢中で組む。シルウァ、ヴァーナ。

「蒼星」

助けて。

きつく目を閉じるのと同時、ばん、と激しい音がした。

はっとして見れば、大きな窓から黒い影が飛び込んでくるところだった。吹き込む風で蠟燭がいくつも消える。壁際の火に照らされたかたちは巨大な獣とそれに跨がった人の姿で、長い髪が生き物のように浮き上がって見えた。

濃く光る目は、紫色をしている。

「紅峰」

亜耶にのしかかってどこうとしない紅峰を低く呼んだのは、まぎれもなく、蒼星の声だった。

「これはいったいどういうことですか。場合によっては、あなたといえど許すことはできません」

言葉は丁寧だが凄みがある。紅峰はようやく身体を起こし、乱れた着物を見せつけるように振り返った。

「許さないなら、どうする？」

「殺します」

間髪を容れず答える蒼星は、今まで見たことのない苛烈《かれつ》さを纏《まと》っていた。静かすぎる声には怒りがこもっていて、亜耶まで竦みそうになる。紅峰は愉快そうな笑い声をあげた。

「主をか」

「私も主です」

「大罪だ」

「大罪だろうと関係ない。亜耶のほうが大事です」

きっぱりと告げ、獣から——毛を逆立てたルプの背から降りた蒼星は、歩み寄ると動けないでいる亜耶の腕を摑んだ。紅峰の下から引きずり出され、そのまま、抱き上げられる。

「……蒼星」

有無を言わせない力強さで抱きしめられ、よじれるように、身体の奥が痛んだ。来てくれた。呼んでしまった。次に祈りの仕草をするときは、蒼星が喜ぶことを言おう、と決めていたのに。

(だめ。やっぱり俺は、蒼星が好きだ)

「亜耶。……大丈夫?」

「……うん」

顔をあわせたらなじってしまうだろうと思っていたのに、実際には胸がいっぱいで、まともに口もきけない。たった一日しか離れていないはずの蒼星の匂いが懐かしくて、なじるよりひどいわがままを言いそうだった。

(離さないでよ。捨てないで。自由になんてしてほしくない。いっそがんじがらめに縛りつけて、ずっと抱いてて)

「これでわかったろう」

紅峰は寝台の上であぐらをかいた。

「そなたにとって大切なものはなにか、本当はどうしたいのか、目が覚めたのではないか？」

そのとおりだ、と感じ入って紅峰を見て、亜耶は彼が自分ではなく蒼星を見ているのに気づいた。険しい蒼星の表情に、紅峰はにんまりと笑う。

「どんなに招いても理由をつけて遊びにも来ないくせに、すっ飛んでくるくらいだ。今さら、己に嘘はつかぬほうがいい」

「あ……そういえば」

ふと気づいて、亜耶は首をかしげた。

「蒼星、森から離れられないんだよね？」

蒼星は困ったように亜耶を見る。どう言おうかと迷う彼のかわりに、紅峰が教えてくれた。

「吾らの住まいは神の住み処、すなわち、人の世の場所ではなく、神の世界の飛び地なのだ。ゆえに主は互いの住み処だけは出入りできる」

「……つまり？」

「つまり、互いの家に遊びに行くことはできる、というわけだ」

「……そうか。ここって、紅峰の住み処だった」

途中からは、自分がいる場所がどこかなんてすっかり忘れ去っていた。祈って呼べばどこにでも来られる、というわけではないらしい。紅峰はわざとらしくため息をついた。

「先達《せんだつ》として吾はだいぶ手助けしたと思うのだがな。なのに蒼星は薄情だから、今まで一度もこの館に来たことはない。ひどいだろう？」

「ひどくはないだろ」

亜耶は言い返して、そっと蒼星の着物を握った。強張ったように険しい表情を崩さない蒼星の心を思う。彼の寂しさを、長い孤独を、諦めを――優しさを、思う。

「俺は、わかる気がする。怖いもんね、嫌われたら」

「……亜耶」

「また裏切られたくないから、誰とも仲良くしないいんだ。違う？」

紫色の目が痛むように細められ、蒼星は恨めしげに紅峰を見やった。

「紅峰、あなた、余計な話をしましたね？　記憶だって、断りもなく勝手に……」

「記憶は俺が頼んだんだよ。それに、余計なことじゃない」

まるで亜耶を見るまい、としているかのような蒼星の顔を、亜耶は摑まえた。無理やりこちらを向かせて、目を覗き込む。

「ごめんね、蒼星。俺、蒼星が願ってくれるみたいに、遠くでは幸せになれないよ」

「……それは、私のことを思い出したせいだ」

「違う。だって、俺はもともと、遠くに行きたかったわけじゃないから」

「――――え？」

驚いたように蒼星の目が丸くなって、亜耶は微笑んだ。彼が好きだ。

好きだから、せめて蒼星の願うような人間になりたい。

「知らなかったでしょ。小さい頃俺が、海の向こうに行きたいって言ったのは、父さんから、そこなら誰でも幸せになれるって聞いたからだ」

「知ってるよ。行きたいって教えてくれた」

「行きたいって言いたかったんじゃないんだよ」

そう言っても、蒼星はよくわかっていないようだった。戸惑ったようにまばたく瞳を見つめる。

「誰でも幸せになれる場所だと思ってたから、蒼星を連れていってあげたかったんだ。蒼星がいろんなものを俺にくれるから、俺も一番大好きなあんたにお返しがしたくて、一緒に行こうって言ったつもりだった。わかる？　蒼星に笑ってほしくて……一緒に、二人で行きたかったんだよ」

「一緒にって——亜耶……そうだったの……」

呆然と呟く蒼星が愛しかった。長く伸びた角を撫でて、ごめんね、と呟く。

「ちゃんと言えなくて、我慢させててごめん。悪かったと思ってるから……だから、教えて」

「教えてって、なにを？」

「蒼星は、遠くに行っていろんな景色を見たい？　それとも、俺といたいけど、俺のために見てきてって言ってくれたの？」

「……」

「どっちでも、本当のことを教えてよ。そしたら今度こそあげる。蒼星が喜ぶことを、なんでもするよ。かわりに森の主になってもいいし、あんたを忘れて遠くに行ってこいって言うなら、もう思い出そうとしないって約束する。俺は——」

喉の奥が石を呑んだように苦しかった。蒼星のためならなんでもしよう、と考えているのに、好きだ、と思うだけで、胸が熱い。離れたくなくて、目の奥も、額も身体中どこも、熱くて痛い。

それでも、自分の願いとは違っていても——蒼星のためなら、なにをしてもいい。

「俺は、蒼星が、好きだから」

泣かない亜耶の精いっぱいの笑みに、蒼星のほうがくしゃりと顔を歪めた。

「だめだよ。亜耶は、亜耶の好きなようにして。自由に振る舞っていいって、教えたじゃないか」

「好きにしていいなら、森に帰りたいよ。でもそれは、蒼星はいやなんだろ？」

「――ああ、亜耶」

震える声は再会したときのようだった。涙まじりで、きつく亜耶を抱きしめる。

「きみが、好きなんだ」

「……うん」

「気づいたときには、なによりきみが大切になっていた。もう二度と大切なものは作らないと思っていたのに、欲しくて、一緒に生きてほしくて……でも、大好きな亜耶を孤独にしたくない。誰より幸せでいてもらいたいし、その幸せを奪うなんていやだ」

だだをこねるみたいな言い方に、ほっと心がゆるむ。たったひとつ気がかりなのは、蒼星が本当はどうしたいかだけだったから、よかった、とため息が出た。

「俺は、蒼星といられたら幸せだけど、それじゃだめ？」

「でも、それは私がしたいことだ」

「蒼星のしたいことと、俺がしたいことが同じでもおかしくないよね」

「おかしくはないけど、そんなに簡単に決めることじゃないよ。縁の話はしただろう。私と長く暮らせば、いやでもきみは人から遠ざかる。十年とか、二十年とか先に、やめておけばよかったと後悔しても遅いんだ」

「さっさと結婚すればいいではないか」

面倒そうに紅峰が口を挟んだ。

「結ばれて神に等しい立場になれば、後悔もなにもない」

「莫迦言わないでください。それこそ、亜耶が私に愛想をつかしたらどうするんですか。人間でなくなってから後悔するのでは取り返しがつかないんですよ」

本気で腹を立てたように蒼星が言い返し、亜耶はまばたきした。なんだか妙に覚えのある考え方だ。

亜耶も、蒼星に飽きられたら、見放されたら、と想像したことがある。怯えて暮らすなら、自由がないのと一緒だとまで考えて不安がっていたのだ。

なんて浅はかだったのだろう。

(……なんだ。蒼星も、俺とおんなじじゃないか)

「そういうのって、今考えたって、どうせわかんないよね」

亜耶はかるく蒼星の髪を引っ張った。

「主さまにもわかんないなら、俺にはもっとわかんないし。俺じゃなくて、蒼星のほうが後悔するかもしれないし、もしかしたら俺だって、なんであんな決断をしちゃったんだろうって悔やむかもしれない」

「だったら」

「でも、もし後悔しても蒼星のせいにしたりしないよ」

切実な光を浮かべた蒼星の目を見て、きっぱり言えるのはどこか爽快《そうかい》だった。

「自分で決めたことだから、恨んだり八つ当たりしたりは絶対しない。俺は蒼星が好きだから一緒にいたいんだ」

言葉を切って、息を吸い込んで、目に力を込めて見つめる。

「あんたは俺を好きなの、嫌いなの」

逃げるのを許さない問いかけに、蒼星は泣きそうな顔をした。

「……好き、です」

いつもの、主さまらしくない、気弱くさえ聞こえる声を出して亜耶を抱きしめ直す。

「愛してる。卑怯だ、いけないとわかっていても、訪ねてきてくれたきみをすぐに手放せないくらい」

「――うん」

「触ったらきみを人から遠ざけるのに、どうしても触れたいくらい。ほんのひとときでも、きみと暮らせたら死ぬまで思い出を大事にしようと思っていたのに、きみが旅立ったら苦しくて、死ぬかと思うくらいだった。会いたくて――もう一度、亜耶を抱きしめたくて」

掠れた声を出して震える彼の肩先で、亜耶は目を閉じた。ひどく静かな気分だった。

「じゃあ、帰ろう」

「亜耶……」

「ウルスたちも待ってるだろ。――帰ろうよ、俺たちの家に」

礼はたっぷり酒でよこせ、と言う紅峰に見送られ、二人乗せると重いですよ、と嬉しそうに文句を言うルプに跨がって、蒼星と亜耶は夜空の上を風のように駆けた。

白い星々が下に見える不思議な空間に気を取られているうちに、あっというまに森が迫り、下りていくともう館の前だった。とっぷりと暗い夜の中、黄色い明かりがこぼれる館から、ウルスと栗鼠たちが出てくる。

「おかえりなさいなのです」

「よかった、亜耶さまも一緒ですね」

ほっとした表情のウルスに、ルプが尻尾を振った。

「いやあ、重かったけど、頑張った甲斐があったよ。蒼星さまったら——」

「ルプ、裏で足を洗っておいで。あとはもう、みんな寝ていいから」

ルプから降りるときに亜耶を腕に抱き上げたまま、蒼星は口早に言った。

「朝も、私が部屋から出るまで起こさなくていい。……いいね」

わあ、と言いかけたルプの口をウルスがふさいだ。

「もちろんです蒼星さま。どうぞ、ごゆっくり」

ククとモモは自分で口を押さえて目を輝かせていて、亜耶は遅れて赤くなった。

(ごゆっくりって……朝まで起こすなって、それってまるで)

朝まで亜耶を離さない、みたいに聞こえる。

小さく歓声をあげる使獣たちを置いて、蒼星はまっすぐに寝室に向かった。寝台の上に下ろして抱きしめられて、亜耶は力を抜いた。

紅峰のときとは全然違う。どきどきはするのに、同時に安堵もしていた。やっとだ、と思う。

やっと――蒼星と、結ばれる。

「亜耶」

二人にしか聞こえない大きさで蒼星が呼ぶ。目元に口づけ、優しく押し倒して、けれどためらうように、着物には手をかけなかった。

「紅峰に記憶を戻されて……どこまで思い出した？　子供のときのことも、覚えてる？」

「子供の頃は、飛び飛びかな。父さんのことは少し。母さんのことは、全然覚えてないみたい」

「……そう。お父さんのことは、思い出したんだね」

蒼星は重いため息をついた。

「私はお父さんと話したわけじゃないから、憶測で言いたくなくて、亜耶に話したことはなかったけど。亜耶が覚えている記憶だけがすべてでもないと思うんだ」

「……どういうこと？」

「きっと、父親って子供には言わないこともたくさんあると思う。だから彼がなにを願ってこの森に入り込んだのかとか、どうして危険な場所に亜耶を一緒に連れてきたのかとか、空飛ぶ魔物に向けて我が子を差し出していた理由とか、結局、真実はわからないんだ。村にきみを残せない理由があったのかもしれないし、自分はいいからこの子だけは、と魔物に頼んでいたかもしれない。だから……どうか、自分が父親に愛されていなかったとは思わないでね」

悲しげに揺れる蒼星の眼差しに、亜耶はじんと胸を熱くした。思い出した記憶の限りでは、父が自分を深く愛していた気はしない。けれど、それをつらく感じる気持ちはもうなかった。

でも、傷つかないか、と案じてくれる蒼星の思いやりは、たまらなく嬉しい。

「俺は平気だよ、どっちでも。もう過ぎたことだし、恨んでるわけじゃない。父さんのおかげで蒼星にも会えたんだし、感謝してもいいくらいだよ」

「――亜耶は、強いよね」

蒼星は自嘲気味に微笑んだ。

「私は怖いよ。きみが欲しすぎて、自分の欲望がどんなに身勝手かわかるから、怖い。……本当に、結ばれてもいい？」

窺うように唇が触れた。

「身体をつなげて、いっぱい声をあげさせて、きみの中を私の精で満たして、縁を作ってもかまわない？」

濃密な睦みあいを匂わせる声が、耳から染み渡る。指の先まで熱を持った気がして、それでも亜耶はできるだけ平静を装った。

「当たり前だろ。……好きだって、あんなに言ったじゃん」

「うん。嬉しかった。――嬉しい。生きてきてよかった」

「また大袈裟なこと……、ん、……っ」

覆うように唇を奪われ、亜耶は喉の奥で呻いた。迷いなく動く手が帯をほどき、着物をくつろげて、亜耶の肌を剥き出しにする。胸を撫でられるのと同時に舌が口の中に入ってきて、閉じたまぶたの中で星が舞った。

「ぅ、……んっ、……は、……ぅ、んんっ」

くちくちと休みなく口内をかき回される。両の乳首はやんわりとつままれて、痺れるような感覚がした。

「ん……っそ、う、せい、あ、……っ」

濡れた唇が燃えそうだった。優しく触られているのに、尖った乳首は痛い感じがする。もう硬いね、と蒼星は嬉しげだった。

「触ったら、きゅって硬くなった。可愛い」

「……っ、く、……ん、ぅっ」

「気持ちよかったら声は出して。緊張しないで、楽にしてて。絶対、ひどいことはしないからね」

小刻みに震えてしまう亜耶の胸に、蒼星は静かに口づけた。

「本当は全身、ぜーんぶ舐めたいけど、この前、亜耶の大事なところは味わわせてもらったから、今日は亜耶の好きなところを探そうね」

「い、いよ……そんなの」

亜耶は息を乱しながら、蒼星に手を差し伸べた。太腿には、さっきからごりごりしたものが当たっている。それが彼の分身であることは、ちゃんとわかっていた。

「蒼星のしたいようにしてよ。そのほうが、俺も嬉しいし」

「亜耶が気持ちいいほうが、私は嬉しいよ」

「――じゃあ、途中でやめるなよ。ちゃんと中に入れて……せ、精で満たすって、言ったよね」

きろっと睨むと、蒼星は微笑した。

「もちろん、そのつもりだよ。痛くなくて気持ちよくなれるようにするけど、それでもどうしてもだめだったら、教えてね」

「少しくらい痛いのは平気。……中に、張り型だって入れたことある」

怖くない、と言うと、蒼星は珍しく、不機嫌そうに眉根を寄せた。

「あのね亜耶。亜耶はなんでも好きにしていいけど、ひとつだけお願いがあるとすれば、村でどんな花嫁修業をしたのかは言わないで」

「……いやなの？」

「いやだよ」

拗ねたみたいに蒼星は亜耶の胸に顔を伏せた。

「大事な私の亜耶に張り型なんて！　腹が立って、思い知らせに行きたくなるから、言わないで」

「――っぁ、……は、……ッ」

きゅう、と胸を吸い上げられるのは初めての感覚だった。痛いのに、すぐにむず痒いように痺れて、それがじりじりと下腹まで響く。舌で転がされれば腰が跳ね、股間がとろけそうになる。

「っ蒼星、っぁ、……っ、ん、……んっ」

「声、出して」

突起を転がし、吸い出し、乳暈《にゅううん》ごと唇で挟んで愛撫して、蒼星は囁いた。

「お尻ももっと振っていいよ。亜耶の硬くなったおちんちんが当たって、すごく嬉しい」

「莫、迦……っあ、……あ、ぁ、……ッ」

甘ったるく声がうわずったかと思うと、びぃんと全身が痺れた。腰が浮き、意識が真っ白になって、亜耶は小刻みに震えながら吐精していた。

「っは、……ぁ、……っ、は、……ッ」

「乳首だけで達けちゃったね。この前もすぐ濡らしていたし、感じやすいんだ」

達したばかりで過敏な股間に、蒼星が己を重ねてくる。着衣のままの彼の硬さが腰巻の中で濡れたものをこすり、亜耶は背をしならせた。

「待っ……ぁ、まだ、さわんな、……ぁ、あっ」

「気持ちいいでしょう？　若いから、もうまた大きくなってきた。……嬉しい」

「あ、……ぁ、あッ」

「ふふ、腰巻に白いのがたくさんついたね」

布をかき分けて露出させられると、濡れた先端がうごめいてしまう。蒼星は愛おしげな眼差しをそこに注ぎ、それから寝台の脇に手を伸ばした。

「先に見せておこう。亜耶を傷つけたり、すごく痛い思いをしたりしないように、今日はこれを使うね」

「……なに、それ」

脇の小箪笥から取ったのは、蓋つきの陶器だった。中には白濁した粘液状のものが入っている。蒼星は指で掬った。

「つながるところに塗るものだよ。痛みをやわらげる薬草が入っていて、こんなふうにとろみがあるから、出し入れもしやすいんだ」

出し入れ、という言葉遣いにぱっと赤くなり、亜耶は下半身を見下ろした。のしかかる蒼星のものは見えないが、さっき押しつけられた感覚では、亜耶よりもずっと大きいはずだ。細い張り型だって異物感があって苦しいのに、生身の大きな雄を入れられたら——きっと、つらい。

（……でも、舌は——恥ずかしかったけど、気持ち、よかった……）

思い返すとずくりと鳩尾が脈打った。旅立つ前に舐められたときの、ねっとりとした快感が窄まりに蘇り、亜耶はよかった、と思った。

紅峰に頼んで思い出してよかった。あの夜のことも覚えているから、なにも知らないよりは怖くない。

「早く、塗って」

うまく動かない膝を自分でひらき、亜耶は踵を浮かした。

「蒼星も……その、もう、大きい、でしょ」

「勃ってるけど、急ぐ気はないよ」

蒼星は亜耶の膝から太腿の付け根をゆっくり撫でた。

「もっと背中のほうから腰を上げられる？　つらくないように布団を入れるから、大きく膝をひらいて、胸のほうに引きつけてごらん。膝の裏は自分で持っててね。孔の具合をよく見たいから」

「こう……？」

「そう、上手。すごく可愛いよ」

蒼星はうっとりしたようにため息をこぼしたが、絶対に変な格好だ。でんぐり返しの途中で失敗したみたいに身体が二つ折りで、尻の秘められた場所が丸見えなのだ。不自然な体勢に窄まりはきゅっと竦んでいた。

そこに、蒼星が手のひらであたためた粘液を垂らす。

「ぁ、……っふ、ぅっ」

うごめいた襞の隙間に液体が入り込むのがわかる。蒼星は指先でなじませ、もう一度たっぷりと掬って中に指を入れた。

「は……っ、あ、……ん、ぁあっ」

ぬめりのおかげで、指はほとんど抵抗なく埋まってくる。粘膜がすっぽりと蒼星の指を包み込み、くわえ込んだ感触に下腹が震えた。

「すごくひくひくしてる。痛い？」

「っ……た、く、……ない。……へいき……」

浅い息しかつけなくて苦しい。心臓は疾走したかのように速く、摑んだ膝裏は汗で湿っていた。けれど、なにより強烈なのは尻の中だった。

痛くないのに、びくびくと震えてしまう。じっくりと指が前後して粘膜をこすると、そこからなにかが染み出すようだった。水を吸った紙みたいにぐずぐずになって、穴があいてしまいそうだ。崩れていく予感は危ういくせに、蒼星の指が動くのが——気持ちいい。

「ぁ、……っ、ふ、ぁ……っ、ん、……ふ、ぅっ」

「亜耶、爪先が動いてるね。奥に入れるとぴくってして……気持ちいい？」

「ぅ……っあ、あっ、……っん、んっ」

ぐうっと根元まで指を差し込まれると顎が上がった。後頭部を枕にこすりつけて、どうしようもなく身悶える。荒い息が閉じられない口から漏れ、蒼星はそれを見ながら指を抜いた。

ほっとしたのもつかのま、ぬるっとしたものが再度あてがわれ、なめらかに入ってくる。

「——ッぁ、ああっ！」

「とっても上手だよ、亜耶。二本揃えて入れても、優しく吸いついてくれるね」

蒼星がにっこりしても、答えるどころではなかった。彼の長い指が出入りしているのが、亜耶にも見える。十分に粘液をまとった指と孔は、ぐしゅぐしゅと音をたてていた。

「蒼星っ……これ、……んっ、あっ、待って、あ、あっ」

「痛い？　苦しい？」

「ちが……っ、でも、あっ……、ん、ぁ、とけ、溶ける、から……っ」

「溶けるくらいでいいから、大丈夫。亜耶には、奥で気持ちよくなるのを覚えてほしいからね」

「お、……く？」

「普通は浅いところの感じる部分で慣らすんだけど、そこはきっと張り型でも刺激したことがあるだろう？」

優しい表情で、蒼星は見下ろしてくる。

「だから、私だけが触れる場所で感じて。毎日でもしたくなるくらい、気持ちよくなって」

言うなり二本の指が限界まで突き入れられて、亜耶はひくりと跳ねた。さっきより大きな音を響かせて、ぐちゅぐちゅと穿《うが》たれる。蒼星の手のひらが快感に締まった嚢にぶつかって、たまらない愉悦が襲ってくる。

「……っぁ、……ぅ……ッ」

揺れる性器から精液がしたたり、蒼星の動きにあわせて二度、三度と噴いた。性器の芯を熱く貫く快感が、うなじまでちりちりと焼く。

「はっ、ぁ、……っ、ぅ、……ァ、」

余韻は長く尾を引いて、蒼星が指を抜いたのにも気づけなかった。生き物のように開け閉めを繰り返す窄まりがすうすうして、亜耶はかすむ目をまばたいた。

着物を脱ぎ落とした蒼星が、そこにいた。焦げつきそうに激しい眼差しが、亜耶を見つめている。

「十分そうだから、入れるよ。できるだけ苦しくないように努力する」

右手が添えられた分身に自然と目が向いて、亜耶はうっと息を呑んだ。神秘的な美しさを持つ蒼星の外見から、なんとなく、大きくてもすらりとしている気がしていた。だが、実際には——むしろ、凶暴にすら見える。

太い幹に大きく張った雁首。反り返るように勃起したかたち。長さと、重たそうな色合い。

それが、亜耶の日焼けしていない尻のあわいに迫ってくる。

「——っ」

反射的に逃げたくなるのを、亜耶はこらえた。痛みをやわらげる薬を使われても、あんなに著大ならつらいだろう。だが、怯えることも、まして拒むこともできない。身体をつなげて確かな縁を結んでおかなければ、簡単に不安に陥ってしまうのは目に見えている。

(俺って、自分で思うよりも弱いんだ、きっと)

ひとつ息を吐いて、膝裏から手を離す。その手を差し伸べて、彼の目を見上げた。

「来てよ、蒼星。早く、ぎゅってしたい」

「……私もだよ、亜耶」

蒼星は飢えた目のまま微笑んだ。亜耶の腰を摑み、濡れた股間にしっかりと己をなじませ、切っ先を襞の中心にあてがう。みっちりとふさがれる感触に続けて限界まで皮膚が広げられ、硬いものが粘膜にもぐり込んだ。

「……ふ、……く、……んっ」

「息をして、亜耶。苦しいだろうけど、力を入れないで……もう少し、……っ」

「ぁ、っ、ぅ、……っ、は、ぁ、ッ」

ヌプ、とぬかるみをかき分けて、蒼星はきつく閉じようとする内側を征服していく。押し込めないほど竦めば幾度も胸や性器を撫でられて、ゆるんだ隙を狙っては力を入れて突かれる。ぐちゅりと内壁が歪み、亜耶は何度も痙攣した。

——すごい。ひりつく痛みはたしかにあるのに、それよりも内部に蒼星がいる感覚が強烈だった。見た目よりもさらに大きく硬く感じられる男根が、濡れた粘膜を焼き溶かして、喰らっていくかのようだ。

「は、……ぁ、……ぁ、……あ、ぁ」

か細い声で喘《あえ》ぐしかなく、指でも届かなかった場所を抉《えぐ》られると目眩がした。真っ暗に暗転した視界でいくつも光がはじけ、遠ざかった音が波のように戻ってくれば、またぐいと突き入れられて気が遠くなる。それを幾度も繰り返し、蒼星はようやく動くのをやめ、亜耶の髪を撫でた。

「だいぶ奥に入ったよ。わかる？　このあたりだ」

「——っぁ、さわら、なっ、あっ、……あッ」

「おなかを撫でても響く？　中が吸いついたね」

気持ちいいよ、と呟いて、蒼星はつながった部分を揺すった。じん、と熱とも痛みともつかないものが下半身から喉元まで広がる。声もなく喘いだ亜耶の唇に、蒼星は口づけてくれた。

「亜耶。……私の、亜耶」

体格の違う蒼星にとっても、無理のある体勢のはずだった。蒼星はできるかぎり亜耶と肌をくっつけたい、とでも言うように触れられる場所を撫で、ひらきっぱなしの唇をついばんでくる。

「きみの声を聞くたびに、いっそさらいに行こうと何度思ったかわからないよ。まだなにもわからないきみと契って手に入れたら、誰にも渡さずにすむ。私が見ることもできない別の土地で、きみが傷つくことも、誰かを愛することもなくなる。私だけのものにできるなら、悪神になってもかまわないって——けだものみたいに考えたんだ」

「——蒼、星」

「きみが、欲しかった。友人に裏切られて、なくして……二度と、なにも欲しがったりしないつもりだったのに」

貫かれる重たさ以上に、蒼星の言葉はずっしりと響いた。それほど強くて長い思いを、亜耶は知らない。穏やかで優しい性格だと思っていたけれど、本来の蒼星は、誰よりも熱情と激しさを秘めているのかもしれなかった。

亜耶は自分からも、ぎこちなく唇を吸い返した。

「じゃあ、これからはいっぱい欲しがっていいよ」

動かずにいてくれる蒼星のものが、入れる前から反り返っているのは見た。あんなふうに育ったら、吐精しなければ痛いし苦しいはずだ。あたたかくやわらかな粘膜に包まれて、思うさま貪らずにいるのももどかしいだろうに。

「夫婦なんだから、欲しがってもいいだろ。……俺も、してほしいから」

いやいや花嫁修業をしていたときは、まぐわいなんて恥でしかなく、面倒な皮膚の接触にすぎないと考えようとしていた。紅峰に対価を迫られたときは、耐えきれないほどぞっとして怖かった。でも、蒼星のものを深々と穿たれて、引きつれたみたいにどこもかしこもつらいのに、少しもやめてほしくない。

「中……出すって、言ったよね。奥、気持ちよく、するって。……して、よ」

「亜耶……っ」

切羽詰まった声で呼んだ蒼星が、ぐっと身体を起こした。挿入される角度が変わり、びりりと爪先が痺れる。あ、と短く喘いだところにずんと衝撃が来て、かくんと頭が落ちた。

「――っ、ァ、……っ、――は、……ァ……ッ」

蒼星の太い亀頭が、奥の壁を突き崩すように打ちつけてくる。かっと全身が熱くなり、一瞬後には血の気が引くような感触がした。

「……っ、ふ、ぁ、……っ」

高く舞い上がって落ちるかのように意識が回る。きつく爪先を丸めてひくついた亜耶に、蒼星はとろけるような声を出した。

「精液が出たよ、亜耶。お尻でも達ってくれて、ありがとう」

「い……、った、……？　っん、……ぁ、」

「わかる？　まだ出てる……奥を突いてあげると出ちゃうね」

言われてもわからない。感じ取れるのは規則正しく打ちつけられる奥がひしゃげ、身体が勝手に震え、じんじんして、熱くて――なにひとつ、意のままにならないことだけだ。

「……ひ、……ぁ、……ッ、ァ、ア！」

じゅぷじゅぷ出し入れされるたび、受け入れた肉筒がだらしなく開いていく気がする。うるみきって元のかたちを失って、蒼星のかたちを刻み込まれているようだ。穿たれながらすがるものを探してまばたけば、蒼星は手をつないでくれた。

祈るときのように指を組まれ、きゅっと胸奥が痛む。

「そ、う、せい……っ」

「いるよ、亜耶」

見下ろす蒼星の頬も上気して、快楽を耐えるように眉根を寄せていた。

「繋がってて、一緒だ。……ずうっと、離れないよ。亜耶が好きだから、本当は、誰にも見せないで秘密にしておきたい」

「蒼、せ、……い、」

「愛してるんだ」

情欲に掠れ、秘めてきただろう本音を滲ませた声は、なによりあまく聞こえた。

「俺、も……っ、あ、……ぁ、ん、……ああっ、んッ」

ひくん、と悦《よろこ》びにうごめいた身体を、蒼星が休みなく攻めたてる。大胆さを増した動きはいよいよ淫《みだ》らな音を生み、じゅぽ、ぶしゅ、ぬちゅ、と折り重なって天井にまで響く。

「あ、…ッ、ァ、…ん、ぁあっ、は、あ、ァっ」

少しずつ動きが速くなるにつれ、思考もうまくまとまらなくなって、亜耶はきれぎれに喘いだ。蒼星の荒い息が聞こえる。あいまに亜耶、と呼ばれて呼び返そうとして、ふつりと糸が切れたような錯覚がした。

「……っ、は、……、――ッ、……っ！」

ひときわ大きな波が襲い、強い快感が全身を貫いた。ひと呼吸遅れて身体がしなり、蒼星が呻く。

「亜、耶……っ」

どっと腹が膨れ上がったように思えたのも、錯覚だったろう。それでも確かに、亜耶は感じた。激情を示すように熱くて濃いものが放たれて、亜耶の内襞を濡らし、溜まっていく。じゅんわりと広がるその感覚は、見えなくても、亜耶と蒼星が繋がった証を刻み込む、たしかな印だった。


「見て！　また釣れた」

銀色にきらめく魚を手に、亜耶は振り返った。蒼星が眩しげに肯く。

「亜耶は私よりも才能があるね。すごく上手だ」

「もう五匹も釣れたもんね。夕餉には足りる？」

「十分だよ。野菜と一緒にお酒で蒸し煮にするとすごくおいしいから、そうしよう」

「へえ、おいしそう。楽しみだな」

釣った魚を籠に入れ、亜耶は大きな岩の上で足を投げ出した。秋の透明な陽差しが降り注ぎ、涼しい風が心地よい。風になびく蒼星の髪を眺め、亜耶は左手を陽にかざした。薬指にはまだ慣れない銀色の環がはまっていて、同じものが蒼星の手にもある。主さまの世界では、この環が夫婦の証なのだそうだ。そういうところは、人間とずいぶん違う。

「夫婦になったら、俺もすぐに神様になるのかと思った」

指環を撫でて隣に腰を下ろした蒼星を見ると、彼は寄り添うように肩を抱いてくる。

「しばらくは眷属で、修行中のような感じかな。ハザマと同じだと考えてもらっていい」

「修行ってなにするの？」

「特にはないんだけど……人間のことを、大事に思うことくらいかな」

「大事に思うって、それだけ？　出かけていってお願い事を叶えたりとかしないの？」

「しないよ。主が人に施せる加護は、たいてい人間は気がつかないようなことだから。たとえば、旅に出ても無事に帰ってこられるとか、猟をしに山に入っても死なずに帰れるとか。そういう加護のためには、人間を思いやるのが大切なんだ」

漠然《ばくぜん》としていて、かえって難しそうだなと思ったが、蒼星は大丈夫だよ、と笑った。

「亜耶はいてくれれば、私が頑張れるからそれだけでもいい」

「……そういうもの？」

「そういうものだよ。守神が満たされていて幸せだと、その土地にもいいことがあるんだから。だから主たちもみんな祝福してくれたんだ。この指環はね、主たちが大勢祝福してくれたからこそもらえるものなんだよ」

「ふぅん」

亜耶にしてみれば微妙に拍子抜けだけれど、以前にも増してやわらかな表情をするようになった蒼星は、どこから見ても幸せそうだった。

「いずれなにかしてみたくなったら、そのとき相談してくれればいいよ。私は当分のあいだは、亜耶とたくさん仲良くして暮らしたい」

「それって今までとたいして変わらないよね」

ちゅ、と口づけてくる蒼星の浮かれた仕草に笑って、亜耶は彼にもたれかかった。腕に抱かれて、安心して身体を預けられるのが、しみじみと幸せだった。たいして変わらないように見えても、たしかに違う。

「……団栗クッキー、もうすぐ食べられるね」

「うん。たくさん作ろうね」

「冬は、雪だるま作ってみていい？　一回もやったことないんだ」

「そういえば私もないなあ。みんなでやろうか」

「春になったら、紅峰のところでお花見しようよ」

「私は亜耶と二人きりがいいけどなあ。……まあ、一回くらいは、紅峰のところでもいいよ」

ふふ、と身体を揺らして笑って、蒼星は額をくっつけた。

「それで夏は、また蛍を見るんだ。今年できなかったこともたくさんしよう。……ずっと一緒だから、なんだってできるよ」

「——うん」

違うのは、当たり前だと知っていることだ。互いに触れて、視線を交わして、来年の話をしても悲しくならないことだ。額に印がなくても、もし指の環がなくても、自分の中に刻まれた蒼星との関係を、信じることができる。

もう、寂しくないのだ。亜耶にはなにより、愛する伴侶がいる。

「夫婦、だもんね」

「……亜耶」

眩しそうに目を細めた蒼星の顔が近づく。長い睫毛を伏せて寄せられた唇を、亜耶も目を閉じて迎えた。

主さまのいちばん大事な愛し嫁

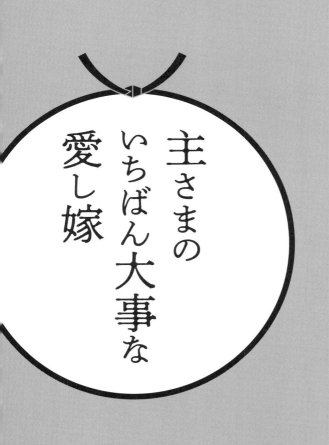

中をくり抜いた烏瓜と南瓜《かぼちゃ》に蠟燭を入れてみせると、亜耶《あや》は素直な歓声をあげた。

「すごい、綺麗だね！」

「烏瓜は小さくてすぐ焼けてしまうから、そんなに長くは灯せないんだけどね。お祭りらしい雰囲気になっていいだろう？」

蒼星《そうせい》はくり抜くのに使っていた小刀をしまいながら、無心に明かりを眺める亜耶の後頭部を微笑ましく見つめた。村では軟禁状態で生活していたから、亜耶は子供らしい経験をほとんどしていない。そのせいか、実年齢よりもずっと心が幼くて、他愛ない遊びや行事をひどく喜んでくれる。

「うん、すごく楽しそう」

亜耶は眩しげに蒼星を振り返った。

「港町も、夜になると赤い提灯がたくさん灯って、すごく綺麗だったけど、俺はこっちのほうが好きだな。……蒼星って、なんでもできるよね」

「なんでもはできないよ」

買いかぶりだと苦笑したが、亜耶は拗ねたように唇を尖らせる。

「できるよ。料理だってすっごく上手だし、主さまの仕事だってしてるし、畑仕事も、縫い物も、こういうの作るのも、なんでも知ってる」

「知らないこともたくさんあるけどね。まあ、長生きしてるから」

紅峰《こうほう》あたりが聞いたら大笑いするだろう。彼に比べれば自分などまだまだひよっこにすぎないのだが、亜耶は「すごいよ」と怒ったみたいに繰り返す。

「長生きしたからって、誰でもいろいろできるわけじゃないだろ。蒼星はすごいと思う。……俺は、知らないことばっかりだから」

撫でてやる蒼星の手の下で、亜耶は悔しそうに顔を背ける。蒼星は肩を抱いてこめかみに口づけた。

「亜耶も物知りじゃないか。料理の基礎も洗濯も掃除も、着物をたたむのだって上手だよ」

「花嫁修業で教わったことしか知らないよ。それに……一番練習したことは、蒼星がいらないって言うし」

「夜の作法のことなら、もう忘れなさい」

胸の内が燃えそうに熱くなって、たまらずに亜耶を抱き上げた。

「したくてした修業じゃなかったでしょう？　そんなこと、亜耶はしなくていいんだ。大事に愛させてくれるのが、私にとっては一番だからね」

亜耶はどうも、自分の価値をわかっていない節がある。あるものは自分の身体だけだと思い込んで、森に来たときから、何度も蒼星に抱かれようとした。たらし込んで逃げようと企《たくら》んでいたからだと亜耶は言うけれど、紅峰にも対価として身体を差し出そうとしたことが、蒼星には今でもつらい。究極、誰しも持てるものは己自身しかないとしても、亜耶はにこにこと楽しそうにしてくれるだけで、なによりも宝物なのに。

「――でも、俺から蒼星にあげたことって、なんにもない」

「昔からたくさんもらってるよ。思い出したでしょう？」

悔しそうな顔で蒼星の胸にもたれる亜耶を、蒼星はそうっと抱きしめた。

「お月見の夜はお嫁入りしてくれたお礼に贈り物をあげるから、つけたら一番に見せてくれる？　お月見をやるのは私が主になってからは初めてだから、すごく楽しみにしてるんだ」

「嫁入りのお礼って変だろ……見せるけどさ」

そういうことじゃないんだってば、とため息をついた亜耶は、それでもはにかむような笑みを見せた。

「お月見、蒼星も楽しみならいいや。……ありがと」

「どういたしまして」

礼を言わなければならないのは蒼星のほうだ。亜耶がいてくれると、義務感だけだった日々が色鮮やかになって、心が華やぐ。生きる喜びと誇りとが湧いてきて、彼と一緒ならば永すぎる未来も、少しも苦ではなかった。


十五夜を迎えるまであと二日という日、見回りから戻った蒼星は、普段使わない応接間が賑やかなことに気がついた。

「紅峰さまと皆木《みなき》さんがいらしてるみたいですね」

同行していたウルスが鼻を動かして言い、蒼星は眉根を寄せた。皆木はいい。頼んでいた荷を持ってきてくれただけだ。だがなぜ、紅峰までいるのか。

館の出入り口から中庭に抜け、内廊下から応接間に近づくと、楽しげな声が聞こえた。

「ああ、いい匂いだ」

めったに聞けない紅峰の優しげな声に、ほんと、と亜耶が応じる。

「皆木さんは？　どう思う？」

「いいと思いますよ」

「おれも好きな匂いです！」

「わたしもなのです～」

どうやらルプも、ククとモモも一緒のようだ。はしゃぐ獣たちの声にまじって、紅峰が鷹揚《おうよう》に言った。

「あとはそなただな。吾《われ》が直々につけてやろう。むこうを向いて、うなじを出せ」

「うなじ？　わかった」

びしっ、と頭蓋骨がひび割れそうな怒りを覚えて、蒼星は勢いよく戸を開けた。うなじとはなんだ。亜耶のあの綺麗なうなじをなぜ「出せ」などと紅峰が言うのか。亜耶の身体の中でも歳相応に艶《なまめ》かしい部分だというのに、触られたりしたら今度こそ許せない。

「紅峰――」

怒りのまま呼びかけ、蒼星は目の前の光景に倒れそうになった。無防備にも紅峰に背中を向けた亜耶は、自ら衿を抜くように大きく開けてうなじを晒し、紅峰はそこに小瓶を近づけていた。

しまった、という表情で亜耶が振り返る。

「そ、蒼星。おかえり、早かったね」

「どこもなにごともなかったからね。……これは、どういうこと？」

自分で聞いても怖いほど、低い声になった。つかつかと歩み寄って亜耶を抱き寄せ、紅峰から遠ざけると、ふわりと甘い香が漂った。香水をつけられたのだ。

（香水。別の男に、香水）

許せなくて身体が震えるのを、亜耶も感じたのだろう。心細げに蒼星の腕を摑んで見上げてくる。

「紅峰には、俺が頼んで来てもらったんだ。……ていうか、相談したら、わざわざ来てくれて」

「それは亜耶が頼んだんじゃなくて、勝手に来たのと同じだよ」

蒼星は亜耶を抱きしめた。

「相談なら私にすればいい。それとも、私には言えないことなの？」

決して亜耶には言えないけれど、できることなら亜耶を誰の目にも触れさせたくないのだ。狭量すぎるとわかっていても、皆木でさえ、本当はいやだ。亜耶の優しさやまっすぐさといった魅力に、他人が惹かれると思うとぞっとする。亜耶は無垢に育っている分、他人に親切にされればすぐに信用するに違いなく、その甘さを狙って不埒《ふらち》なことをされないとも限らない。

（心配してたとおりだ。あんなことされたのに、紅峰にまで懐いて……）

「相談にしては距離が近すぎたみたいだけど、無防備に他人に肌を晒すのはだめだよ。皆木は……仕方ないとして、紅峰に頼み事をするならするで、私にひと言話しておいてくれたら、ひとりになんかしなかったのに」

不安と憤りがないまぜになって、きつく抱きしめてしまうと、亜耶がみじろぎした。

「……言えるわけないよ。だいなしになるのに」

「だいなし？」

むっとしたらしい亜耶の様子に眉をひそめると、聞かれてもいないのに紅峰が口を挟んだ。

「なかなか健気な嫁ではないか」

にんまり楽しげな表情で、絶対わざと亜耶に触ったに違いない、と蒼星は思う。今度、紅峰の嫌いな梅干しを大量に送りつけねば。

「月見をするのに蒼星がなにやら贈り物をすると言ったらしいな。亜耶はそれで、自分もなにか蒼星に贈りたいと考えて、いじらしく吾に相談したのさ」

「――――なんだって」

腹が立っていたせいか、言われた内容が一瞬頭に入ってこなかった。反芻《はんすう》し、思わず腕の中の亜耶を見下ろす。

「贈り物って……亜耶が、私に？」

「そうだよ」

むくれた表情で亜耶はくるりと向きを変え、蒼星の胸に抱きついた。

「俺もなにかあげたいって思ったけど、蒼星なんでもできるし。どうせ聞いても、亜耶がいてくれるだけでいいって言うだけだろ。なにか買うにしても、蒼星の好きなものもわかんないし、そのお金だって俺が稼いだわけじゃないし……だから、困って、紅峰に聞いたんだよ。そんなに、」

額を押しつけて、亜耶は掠れた声で呟いた。

「そんなに、怒らなくてもいいだろ」

「…………怒って、ないよ」

すうっと怒気が抜けていって、蒼星は亜耶の髪を撫でた。

「私のために、いろいろ考えてくれたの？」

「ほかにいないだろ。……なのに怒ってた」

「ごめん。ごめんね」

反射的に謝って頭のてっぺんに口づけ、蒼星は困って揃った面々を見回した。紅峰はからかう表情、皆木はやれやれと言いたげな顔で、栗鼠《りす》たちとルプと、戸口にいるウルスは嬉しそうににこにこしていた。痴話喧嘩なのです、というククとモモのひそひそ声がばっちり聞こえた。

皆木が代表して教えてくれる。

「贈り物を御所望でしたので、紅峰さまの助言をもとに、私が提案したのです。まずひとつは、花と乾燥させた果物と茶葉をまぜて、特製のお茶を作ること。もうひとつは、お気づきでしょうが香水です」

「亜耶が、自分にあるのは身体だけだと言うのでな。ではその身体を魅力的に装ってはどうだと、吾が教えてやったわけだ」

「蒼星さまもちょっと嗅ぎますか？　お茶、おいしそうですよ」

ルプが卓の上を鼻で示して、蒼星はようやく、そこに乗ったいくつもの玻璃の器と、茶葉や花弁に気がついた。たくさんあるのは、あれこれと試してくれたからだろうか。

亜耶が腕を抜け出して、器をひとつ取る。

「これが、一番いい匂いで、おいしそうだと思う」

鼻を近づけると、ふわりと茉莉花茶《まつりかちや》と柑橘《かんきつ》の匂いがした。爽やかだけれど甘く、あとに少し苦味の残る香りだけでも心が安らぎそうだ。これを亜耶が、と思うと苦しくなって、蒼星は強くまぶたを閉じた。もう一度芳香を吸い込んでから、亜耶を見る。

「すごくいい香り。幸せになれるね。早く飲んでみたいよ」

「ほんと？　よかった」

亜耶が安堵したように笑みを見せ、くるりと背中を見せてくる。

「香水は？　これも、皆木さんがいくつか持ってきてくれたから、いいかなって思うのにしたんだけど」

蒼星は腰に手を回して、晒されたうなじに唇を寄せた。衆人環視でもかまう気はなかった。きゃー、と言いかけたルプの口をククとモモがふさぐ。

「……うん。甘くて、亜耶にぴったりだよ。食べちゃいたくなるね」

正直に言えば、亜耶本人の体臭のほうが百倍も好きな匂いだけれど、亜耶が選んでくれたならどんな香りでも好きになれる。濃密な桃に似た匂いは官能的で、脳裏に丸い亜耶の尻が浮かんだ。

（……夜は、離せなくなりそう）

初夜を終えてから幾度か身体はつなげたが、毎回疲れさせないように気を使ってきた。だが今夜は、理性が保てるかあやしいものだった。――否、夜までも、保てそうにない。

ゆっくり唇を押しつけてなめらかな皮膚を味わい、亜耶を抱いたまま、蒼星は皆を見回した。

「亜耶のために、ありがとう」

「――いえ、仕事ですから」

「吾は親切ゆえ、気にする必要はないぞ」

微妙に視線を逸らした皆木はいいとして、紅峰は相変わらず悪巧みみたいな笑みを浮かべているのがいやだ。お礼はもちろんしますよ、と告げて、「でも」と蒼星は微笑んだ。

「今日のところはお引き取り願えますか。皆木も、紅峰もです。……みんなも、もう下がっていいよ」

「はぁい」

「はいなのです」

「夕餉は作っておくのです」

主が愛妻と仲良くするのが嬉しいらしい使獣たちは素直だ。皆木も手早く荷物をまとめるが、紅峰だけはすすっと寄ってきた。

「大事にするのはいいが、あまり余裕がないのもみっともないぞ」

「……私をみっともなくして遊んでいるくせに。わかってるんですよ」

睨んでも主としては大先輩の紅峰が臆するわけもない。気安げに蒼星の背中を叩くと、耳元に口を寄せた。

「ありがたく思ってもよいぞ。吾が世話を焼かんとそなた、可愛がるのも遠慮するだろうからな」

そういうのを余計なお世話と言うんだ、と思ったが、言い返せなかった。たまに、紅峰にはなにもかも見られているのではないか、と思うときがある。そんなはずはないし、どっちにしてもお節介は迷惑なのだが——。

「ま、そなたが幸せそうだと吾も嬉しい」

ついでのようにつけ加え、紅峰はさっさと部屋を出ていく。呆気にとられて見送って、蒼星は妙に落ち着かない気持ちになった。

(思っていた以上に、彼にも心配をかけただろうか)

主たちの遊びにも交じらない蒼星を、彼が案じてくれていたのは知っている。ああいう、たまに兄貴ぶるあたりが、紅峰を嫌いになれない理由なのだけれど、まさか「嬉しい」と言われるとは思わなかった。

(……変な感じだけど——ありがたいものだな)

友は生涯作らないつもりだったが、彼のことは、悪友、くらいには、思ってもいいかもしれない。

感慨にふけっていると、亜耶が動いて振り返った。

「蒼星、まだ怒ってる？」

不安げに揺れた瞳に申し訳なくなって、蒼星は腕に抱き上げた。

「怒っていないよ。どうして？」

「皆木さんも追い返しちゃったし……紅峰が、蒼星が余裕をなくしてるって」

「あれは、怒っているということじゃないよ」

わからないところがまだまだ初心《うぶ》だ。頬に口づけて廊下へと出て、寝室のほうへ曲がっても、亜耶は気づく様子もない。一度ちゃんとわからせておこうと、蒼星は額をあわせた。

「私はね、嫉妬《しっと》したんだよ」

「嫉妬？　誰に？」

「紅峰に。それから皆木にも、村の人たちとか、きみが町で出会った人とか——これから出会うだろう人すべてだ」

「これから会う人って……な、なんで」

囁くような蒼星の声にひそむものに、亜耶はようやく気づいたらしく赤くなった。

「もう夫婦なのに、焼きもちっておかしいだろ。……なんで寝室に行くの。まだ昼だよ」

「夫婦だろうが嫉妬はするよ。きみのいい匂いだとか、肌や髪が綺麗なところとか、可愛いところとか、優しいところに誰かが惚れるかもしれないって思ったら、妬《や》くに決まってる。ひと目でも見惚《みほ》れられたらもったいないもの」

「もったいないって、見られても減らないよ。莫迦」

耳までほんのり赤くして亜耶がなじる。照れているのが愛しくて、蒼星は耳をくわえた。

「そろそろ亜耶も、自分がどんなに魅力的か自覚しないとね」

「……そんなこと言うの蒼星だけだ」

「私だけじゃなくちゃ困るよ。そんな軽薄なやつにはそばに来てほしくないから。――それと」

「それと、なに？」

半分心配そうに亜耶がしがみついてくる。

「私は亜耶の伴侶だよね」

「うん」

「ということは、ほかの人が見たことのある亜耶は、全部知っておく権利があるよね」

「……う、ん？」

極力優しく、蒼星は微笑んだ。

「村での花嫁修業は忘れてもらうつもりだったけど、その前に、見せてくれる？　私を誘ったり、奉仕したりするやり方を」

目を見ひらいた亜耶を丁寧に寝台に下ろして、告げる。

「習ったことは全部、見せてもらうよ」

ぷっくりと丸い尻が蒼星の目の前で揺れる。亜耶のすんなりした指が窄まりに呑み込まれていて、たまらなく扇情的だった。

「っ……こんな格好は……習って、ない」

「口で奉仕するあいだに指で慣らすって習ったんでしょう？　だったら、慣らす様子も見たいから、これでいいんだよ」

裸になった亜耶は蒼星の上に乗り、尻を顔のほうに向けて、手と口で蒼星の分身に奉仕している。羞恥のためか、亜耶の可愛らしい性器はすっかり勃ち上がって、ときおり蒼星の胸に触れた。ひくひく尻が動くたびに濡れた先端がこすりつけられるのは、なかなかいい気分だった。

「続けて、亜耶。とても上手だから」

「ん……、……んむ、……っ」

従順に含み直されて、あたたかい感触にため息が出る。手が遠慮がちに陰嚢を揉んでいるのもいい。大きすぎて亜耶の口には余るから、一度口を外すと、今度は横からくわえてくれた。ちゅるっ、じゅぷ、と健気な音をたて、太い幹やくびれを一生懸命舐めている。

「まさか、誰かのものを舐めたわけじゃないよね？」

「違う……張り型を……、舐め、ん、ぅっ」

「指をお尻に入れるところは、あの女性に見られたんだよね？　何本まで入れたことがあるの？」

「——に、二本……」

「じゃあ、増やしてみて」

いやだ、と言われたらすぐにやめるつもりだった。けれど意地悪に響くだろう命令に、亜耶は逆らわなかった。

そろそろと指を抜き、まだ糸を引く指でいつも使う潤滑液を掬って、再び挿入する。中指と薬指がゆっくり埋まる様を見ていると、強烈に喉が渇いた。いやらしい。初めは慎ましく閉じていた襞が、無理にひらかれて綻び、震えながら自身の指をくわえ込んでいるのだ。

「っ、見、える……？　そうせい、……んッ」

苦しいのだろう、亜耶は蒼星のものから口を離して、きれぎれに喘いでいる。それでも指は前後して、ぬちぬちと音を響かせた。

「見えるよ。――気持ちいい？」

「あ、あんまり……よく、な……っ、ぁ、」

「おちんちん、もう垂らしてるのに？」

「これは……だって、……ふ、……っ」

大きく腰を前後させ、亜耶は蒼星の亀頭に口づけた。熱い吐息がかかる。

「蒼星、のが、……こんなになって、るから……っ」

「私が反応しているから、濡れてしまったの？」

「――う、ん……」

「そう言えって、教わった？」

「違う……ほ、ほんとに……蒼星の、味……舐めて、おっきくなったら、は、腹の中、が……熱くて、」

すっぽりと根元まで指を孔に入れ、亜耶はか細く聞いた。

「へ、変？　俺、おかしい……？」

「ううん。とても素直で、健気で……綺麗で、可愛いよ」

奉仕したせいだ、なんて、どこまで喜ばせる気だろう。こみ上げる愛情に目眩を覚えながら、蒼星は静かに尻を撫でた。淫らで艶かしいのも事実なのに、だからこそ、亜耶の乱れる様が蒼星を幸福にしてくれる。

「私を好きになってくれて、ありがとう」

手荒にならないよう身体の上から下ろし、仰向けに横たえる。亜耶の目はうるみ、表情は蕩けて、半びらきの唇は普段よりも赤みが強い。つんと尖った小さな乳首に目を細め、蒼星は促した。

「じゃあ、最後に、習った誘い方を教えて。挿入のせがみ方も、教わったんじゃない？」

「……ん」

こくりと肯いて、亜耶は膝裏に手をかけた。大胆に左右にひらき、息づく窄まりを見せてくれる。

「蒼星、さま……どうぞご逸物を……ください、ませ」

「——亜耶」

やはり村人たちは、一度全員肥溜《こえだ》めに落ちるくらいの不運はくれてやりたい。私の亜耶になんてことを、と思いながら、一方で、背筋がぞくぞくした。欲しい。奥まで貫いて、出すものがなくなるまで貪りたい。

己の中にこれほど強い欲望があるとは、考えたこともなかった。

すぐにも喰らいつきたいのを押し殺し、蒼星は胸に手を伸ばした。

「とても可愛いし、色っぽいけど。そういうことはしたくないって、言えばよかったのに」

「言っても、許してもらえなかったと思……、あ、……ぁっ」

指先で小さな乳首をつつくと、亜耶がせつなげに眉根を寄せた。つまんでやれば口元がふにゃりと歪み、甘えるような声がこぼれる。

「ん、く……っぁ、蒼星っ、あ、……っ、入れ、……な、い、の？」

「胸は確認したことがなかったよね。ここは？　いじってみせるって習わなかった？」

「な、らってない……俺、男、だし……膨らんでも、ないから」

「よかった」

そう言う以上に、蒼星はほっとした。乳首をいじられて乱れる様だけでも、自分しか知らないのは素晴らしい。

「お尻の奥が気持ちよくなるのだけじゃなくて、これからは胸もたくさん可愛がろうね。亜耶の乳首はとっても綺麗で、かたちも色も愛らしいから、ここで気持ちよくなれるようにしてあげる」

「……っぁ、引っぱ、ったら、ぁ、……ぁ、あっ」

強めに乳首を引かれて亜耶が喉を反らす。快感を覚えている証拠に、ゆるみきった表情に怯えた色はない。膝から外れた手がきゅっと枕をにぎって、胸を突き出すように背中がしなる。無意識にだろうがねだる仕草に、ずくりと腹の底が疼いた。

顔を伏せ、控えめな突起に舌を絡める。弾力のある粒を尖らせた舌先で転がすと、泣くような声が響いた。

「それ……っぁ、……あっ、ん、ぁ、あっ」

「感じる？　好き？」

「……っ、すき……、きもち、ぃっ」

小さく腰を振りながら、亜耶は素直だった。

「舐めるの……す、ご……っぁ、……ふ、ぁっ」

「気に入ってもらえてよかった。そのうち、胸だけでも達けるようになろうね」

左側の乳首を吸いながら、右のほうはささやかな乳暈ごとつまみ出し、強めに揉んでやる。そうすると清楚《せいそ》だった胸がぽってりと卑猥《ひわい》さを増して、果実のようにうまそうに見えた。

「茱萸《ぐみ》みたいだけど、もっともっと可愛いね。ぷにぷにして、味もおいしい」

「ッ、ぁ、……や、噛ま、ないで、ぁ、——ッ」

歯を立てた途端、亜耶は大きく仰け反った。蒼星は噛んだばかりの薄い皮膚を舐めてやる。

「いや？　噛むのは気持ちよくない？」

「……、きもちい、い……」

涙目になった亜耶がかぶりを振った。

「す、すごく……じんじん、するから……こ、怖いけど、蒼星が好きなら……か、噛んで」

欲望を煽《あお》られるのを通り越して、せつないように胸が痛んだ。

「私が好きなら、噛んでいいの？　我慢しなくていいんだよ」

「我慢、じゃなくて……嬉しい、も、ん」

は、と甘い吐息をついて、亜耶は肘《ひじ》をひらき、胸を広げて見せた。

「蒼星に、可愛いって言われて、気に入られるの、嬉しい」

「——亜耶」

「奉仕も、おねだりも……練習あんなにいやだったのに、蒼星にしてって言われたら……どきどき、して——ほんとに、」

恥じらって睫毛を伏せ、それでもささげるように胸を晒し、亜耶はつたない仕草で腰をすりつけた。

「ほんとに、抱かれたく、なったから」

「亜耶」

もう保たなかった。せわしなく唇を奪い、太腿を抱え上げて己をあてがう。亜耶が自分でほぐしてくれたそこは、細い指二本しか呑み込まなかったわりに、すんなりと怒張を受け入れた。

「ん、は……っ、ん、……ぁっ」

「すごいよ、亜耶。この前より上手に呑み込んでくれてる」

ねっとり熱い内部の粘膜が、歯軋りしたいほど快い。ぐっと押し込むと震えて締まったが、揺するようにして穿てば崩れるように奥へと進める。

「ッ、ぁ、は、……んん……っ」

「苦しい？」

「んんっ……へいき、……っ、お、重くて……、あ、っつい、だけ」

浅い息をせわしなくついて、亜耶はぐちゅぐちゅと掘削されるのに耐えている。汗で濡れた額から、蒼星は髪をかき上げてやった。

「もう少しだけ頑張って。奥まで入れたら楽になるから――奥、好きでしょう？」

誰も――亜耶自身ですら知らない快楽を与えてやりたくて、抱くときは必ず突き当たりまで挿入し、そこをこねるように可愛がるのが常だ。そうしながら亜耶の性器もこすってやり、幾度も射精させたおかげで、亜耶は願いどおり、奥への刺激だけでも極められるようになってきた。

「もう達きたいよね」

ぐぐっと腰を進め、勃ちきった亜耶のものに指を絡める。あまい声をあげて一度竦んだ身体はゆるゆるとほどけ、その隙に蒼星はしっかりと己をおさめた。

（本当は、この先にだって入れたいけど――）

長身で体格に恵まれた蒼星は分身も大きいが、亜耶は小柄だから、受け入れるのでさえ大変なはずだ。快感を覚えてくれるだけでありがたいから、無理をさせる気はなかった。

「亜耶の好きなここを突くからね。我慢しないで、達っていいよ」

「ぁ、……っ、待っ、あ、……っぁ、あ、あッ」

歪む勢いで突き上げると、亜耶の奥壁は溶けそうにやわらかくなる。穿つ速度にあわせて性器をあやしてやれば、いくらももたずにきゅんと背がしなった。

「――っ、ぁ、……、ァ、……ッ」

震えながら気をやる亜耶を、蒼星はうっとりと見つめた。愛しい人が自分の愛撫で乱れ、絶頂を味わってくれるのは、射精の快楽よりも何倍も満たされる。白濁が飛び散り、最後のひと雫を可愛らしくこぼすまで念入りに性器をしごきたてて、蒼星は穿つのをやめた。達した直後で弛緩した肉筒があたたかく己を包んでいるのが気持ちいい。

「上手に達けたね。次はゆっくりするから、気持ちいいのをいっぱい味わってね」

「……そう、せい……は？」

焦点が合いきらない瞳が、ぼんやり蒼星を捉えた。

「おれだけ、で……出せてない、よね……それに」

つたない動きで、亜耶はつながった股間に手を伸ばした。蒼星のものの根元と茂みに触れてくる。

「ずっと気になってたけど……全部入って、ないよね。蒼星……ちゃんと、気持ち、い？」

「亜耶」

濡れたような瞳に見上げられ、蒼星は胸を突かれた。——まさか、気にしていたなんて。

「大丈夫、すごく気持ちいいよ」

「でも……女の人と違って男は行きどまりがないから、そこが好きで抱く人もいるって」

「……そういうことは忘れてほしいけど」

やっぱり肥溜めに落ちてもらおう。それと、鼻緒《はなお》は切れまくればいい。

「あのね。私は亜耶と睦みあえるだけでも、天にも昇る心地なんだよ。亜耶が無理することはない」

「無理かどうかは、やってみないとわからないよ」

亜耶は唇を舐めると、意を決したように抱きついた。

「つい、れてみてよ……蒼星の、好きなように、抱いてみて」

「——でも」

「贈り物には、ならないかも、しれないけど……お、俺だって、蒼星になにかあげたい」

たどたどしく接吻されて、熱いものが身体中に溢れた。

自分がずるいことを、蒼星は知っている。幼子が庇護してくれる大人に懐くのは当たり前で、亜耶の好意はその延長にすぎなくてもかまわないと考えているのに——こうして差し出された愛情を、拒むことができない。亜耶からはどんなに誠実に見えたとしても、内情はただの、独占欲の強い愚かな男だ。

「痛かったり、気分が悪くなったりしたらすぐ言うんだよ。絶対に我慢しないで」

最後の理性でそう告げて、蒼星は亜耶の左脚を抱え上げた。腰をひねらせ、慎重に奥壁を突き上げる。狭くくびれたその部分へと、硬い先端をねじ入れる。

「……ッ、は……ッく、ぁ、……ッ」

「大丈夫？」

「んっ……お、おもい、けど……、あ、……は、ぁ、……んッ」

亜耶が声を出すとずるりと吸われるような感覚があって、蒼星も息を呑んだ。くびれがしっかりと蒼星の雁首を締めつけていて、身震いするほど気持ちがいい。たまらずに腰を使うと、亜耶の爪先がきゅっと丸まった。

「ひ、ぁっ……は、……ぁッ、……ん、ぁ、ァッ」

「すごいよ亜耶。全部受け入れてくれたね……この、狭いとこ」

「——ッア、あ、ぁあっ！」

「出し入れすると……っ、すごく——ああ、亜耶」

寒気にも似た快楽が下半身から頭まで響く。びく、ひくん、と不規則に痙攣する亜耶は、数回最深部を抉られると声もなくのけ反った。うなだれたままの性器からわずかに汁がしたたり、蒼星は目を細めた。

「嬉しいな、こんな、入れちゃいけないとこのほうが亜耶も気持ちよくなれるのかな……中だけで達けたの、わかる？」

「……っ、は、……、ん、……ぁ、っひ、ぁ、——っ！」

なにか答えかけた亜耶が再び震えた。大きく腰を突き出して達くのを見つめ、蒼星は速度を上げた。

もっと。もっと貪りたい。なにもかも欲しい、なんて無理に決まっているのに、それでも欲しい。気絶するほど達かせて、身体だけでも征服したい――。

「亜耶……あや。愛してる」

「そ、ぅ……っ、蒼星、……っ、――ッ、……っ」

ずちゅずちゅ攻めたてられて、亜耶は陥落するように喉を反らし、身体を強張らせる。限界を超えたのだろう、鈴口からはたっぷりと潮が噴き出して、内部はせつなく吸いついてくる。絡む蜜襞の中を蒼星は本能に任せて行き来し、奥へと嵌め込むようにして動きをとめた。ぬかるんだ奥は泉のようだ。そこへ向けて、たっぷりと精を放つ。

「ふ、ぁ、……っ」

へにゃへにゃと可愛らしく口を開けた亜耶が、中に出される感触にため息をこぼして、ほどなくぐったりと脱力した。夢見るように眼差しはぼんやりとしていて、蒼星はかつてない充足と愛おしさを感じながら、静かに己を引き抜いた。

潮を噴いたのを亜耶はことのほか恥ずかしがっていたが、奥の奥まで受け入れればそれが普通だと諭したら納得したようだった。あんなふうにきみがなってくれると私は幸せだと言ったら、顔を真っ赤にしながら「じゃあまた今度も入れていいよ」と言ったので、蒼星は決意を新たにした。

もう絶対、他人には亜耶を触らせない。

それと、他人はうかつに信用してはいけないことも、しっかり教えておかねばならない。こんなに無垢で信じやすいだなんて、危なすぎる。

蒼星の危惧《きぐ》とほんのわずかな後ろめたさをよそに、亜耶は楽しそうに腕を空に掲げた。

「見て。月明かりだと、昼間より幻想的じゃない？」

手首につけられているのは、繊細な銀の細工玉と紫水晶を連ねた飾り環だ。派手さよりも上品さが際立つ作りで、亜耶が身につけると大人びて見えた。

「うん。すごく綺麗だ」

幸せだなあ、と噛みしめながら微笑むと、亜耶はなぜか顔をしかめた。

「……蒼星、腕輪見てないじゃん。俺の顔ばっか見てるの、丸わかりだぞ」

「腕飾りも見たよ。よく似合っていて素敵だ」

「って言いながら俺の顔見てるってば。ほら、もういいから月を見なよ」

呆れ顔をして、亜耶が空を指差す。深い藍色の夜空には、明るい満月が浮かんでいた。

「晴れてよかったね。――綺麗」

静かで厳かな光を振りまく月のおかげで、中庭も明るい。控えめにともした烏瓜や南瓜の明かりが、郷愁を誘う紅さで輝いていた。縁側がわりに腰をおろした廊下には、月見団子と芒《すすき》も用意してある。

楽しそうに夜空を見上げる亜耶の横顔も、銀色に輝いて見えた。

「……本当に、綺麗だ」

「――全然、月見してないじゃん」

亜耶が眉を上げて蒼星の脇腹を肘でつついた。

「あと、すっごいくっつきすぎだし！」

「肌寒いだろう？　くっついていたほうがいいよ」

「肌寒くなくたってくっつくくせに」

蒼星っていつもそうだ、と呟いた亜耶は、そのくせそっと寄りかかってくる。

「これじゃ、団子も食べにくいのに」

「食べさせてあげるよ」

「やだよ。……みんないる」

ということは、誰もいなくて二人きりだったらいいのか、と蒼星は単純に嬉しくなった。すごい進歩だ。亜耶の健気さにつけいるように激しくしてしまい、しかもそのあと丸め込むように「またする」と言わせて後ろめたい気がしていたけれど——しっかり抱いたのがよかっただろうか。

もう団子を頬張っているウルスが、のんびり首を横に振った。

「ぼくたちでしたらお気になさらず。ぼく、熊の置物です」

「じゃ、おれは狼《おおかみ》の置物」

「わたしたちは栗鼠の置物なのです」

「どうぞ心置きなく仲良くしてくださいなのです」

「置物はしゃべらないだろ。いいよ、気を使わなくて」

亜耶はひとつため息をつくと、団子に手を伸ばした。黒文字《くろもじ》に刺した小さな団子を、蒼星の口元に近づける。

「はい。あーん」

「……亜耶が、食べさせてくれるの？」

蒼星は驚いて目を見ひらいた。亜耶は照れて怒った顔で微妙に視線を逸らす。

「だって蒼星、こういうの好きだろ。……だから、今日は、特別。腕輪のお礼ってことで」

今日だけだよ、とつけ加えられたけれど、それどころではなかった。

「嬉しいよ亜耶……ありがとう、亜耶。まさかこんなご褒美があるなんて、生きててよかった」

「大袈裟だってば。一回だけだぞ」

赤くなりながらも亜耶はちゃんと蒼星の口に団子を入れてくれて、噛むとじんと胸が痺れた。

大袈裟だと言われようが仕方ない。どれほど愛おしく大切か、他人には理解されなくても――亜耶は蒼星を、絶望と諦念の淵《ふち》から救い出してくれたのだから。愛する喜びを与えてくれたのだから。

（亜耶より大切なものなんて、ないんだよ。それくらい愛してるんだ）

「亜耶もあーんして。膝に乗って。ぎゅってさせて」

「……仕方ないなあ。き、今日だけだからな」

言いながら素直に膝に来てくれる亜耶を抱きしめて、蒼星は泣きたいほどの喜びを、長いこと噛みしめたのだった。

あとがき

　こんにちは、または初めまして。クロスノベルスさんでは二冊目になりました、葵居《あおい》ゆゆです。

『森の神様と強がり花嫁』いかがでしたでしょうか。クロスノベルスさんでの前作が、洋系のあたたかい国を舞台にしたファンタジーだったのですが、今回は一転、和風で涼しめな森でのお話です。

　小さい頃から、物語の中に出てくる「森」が大好きでした。童話でも、ファンタジーでも、昔話でも、森ってよく出てきますよね。暗くて人以外のものが住む、神秘的で怖い場所でありながら、いろんな恵みや秘密のつまったところでもあり、その「怖いけど魅力的」な雰囲気が子供心に好きだったのかなと思います。

　今回は、そんな森の奥深くを舞台に、神様と人間の恋物語にしてみました。絶対自由になりたい受と、溺愛するが故にめとらず自由にしてあげようと思っている攻の、目指す結果は同じはずなのに……!?　というお話で、もふもふの巨大動物添えです。

　念願の熊と栗鼠が出せて個人的には満足です！　動物たち以外にも、なぜかたまらなく惹かれる「格子ごしの空」とか蜻蛉とか、人と神様をつなぐ人とか、港町とか、神様友達とか、好きな要素をつめつめできたので楽しかったのですが、心残りは冬の時期を書けなかったことでしょうか。冬も好きな季節です。雪もいいし、寒いのも、空が灰色なのも、火を焚いてあたたかくするのも、お布団から出たくなくなるのもいいなと思います。

というわけで、今回はあとがきのページ数もいっぱいあるので、各キャラに好きな季節を聞いてみようと思います。

亜耶《あや》「夏かなぁ。明るいし、楽しいし、遊べるから好きだな」

ククとモモ「秋なのです。木の実がおいしいですから」

ウルス「ぼくも秋ですね。お魚も太っておいしいので」

ルプ「春です！　あんまり暑くないし、なんだかわくわくするじゃないですか！」

蒼星《そうせい》「私は冬が好き。世界中が静かだから、ひとりでいても寂しいって思わなくてすむ気がするんだ」

……などと言っておりますが、きっとこれからの冬は賑やかな日も増えるでしょうし、静かな日にもふたりで寄り添って過ごせるので、そうしたら彼は「亜耶と過ごせる時間が長いから好き」になりそうです。

あとがき

そういえば、亜耶の好きな献立は冬にぴったりな「鍋」なのですが、ゆるっと裏設定がありまして。小さな家にひとりで閉じ込められ、食事は持ち回りで村の人が運んでいたので、食べ物冷めちゃうなあと思ったんですよね。でも亜耶は、幼い頃に蒼星のところでできたての熱々でおいしいごはんを一緒に食べていたので、記憶をなくしても、そういうイメージだけが残って、幸せで満ち足りた食事の代表みたいな感じで、お鍋が好きじゃないかなと思って、鍋にしました。

お鍋っていいですよね。簡単だし、洗い物は少ないし、最近は鍋のもとも充実してますし。お豆腐をたくさん入れるのが好きです。暑いときに辛いお鍋も好きです。皆様も、明日の夜あたり鍋はいかがですか？

ページが多いから雑談でもと思ったら鍋の話が最後になりましたが、本編もお鍋みたいに、あたたかい読後感になっていれば幸いです。

今回イラストは小椋《おぐら》ムク先生にお願いすることができました。亜耶は強がりな性格、蒼星は神様だけど威厳より優しさが勝った性格なのを、これ以上ないくらい素敵に描いていただきました！　おっきなもふもふたちも、お気に入りの紅峰《こうほう》や皆木《みなき》まで挿絵で見ることができて幸せです。小椋先生、ありがとうございました。

お忙しい中、細部まで丁寧にみてくださった担当様、本書作成にかかわってくださった皆様、流通販売の皆様にもこの場を借りてお礼申し上げます。

そして、数ある本の中からお手に取ってくださいました皆様。亜耶が幸せな居場所を見つけるお話で、皆様にもひとときの幸せな気持ちになっていただけたら嬉しいです。お読みいただきありがとうございました！　ブログかツイッターではまたおまけSSを公開しますので、よかったらそちらもチェックしてみてくださいね。

また別の本でも、お会いできれば嬉しいです。

二〇二一年三月　葵居ゆゆ

CROSS NOVELSをお買い上げいただき
ありがとうございます。
この本を読んだご意見・ご感想をお寄せください。
〒110-8625
東京都台東区東上野2-8-7　笠倉出版社
CROSS NOVELS 編集部
「葵居ゆゆ先生」係／「小椋ムク先生」係

CROSS NOVELS

森の神様と強がり花嫁

著者

葵居ゆゆ

2021年3月23日　初版発行　検印廃止

発行者　笠倉伸夫
発行所　株式会社 笠倉出版社
〒110-8625　東京都台東区東上野2-8-7　笠倉ビル
[営業]TEL　0120-984-164
FAX　03-4355-1109
[編集]TEL　03-4355-1103
FAX　03-5846-3493
http://www.kasakura.co.jp/
振替口座　00130-9-75686
印刷　株式会社 光邦
装丁　斉藤麻実子〈Asanomi Graphic〉
ISBN 978-4-7730-6080-5
Printed in Japan